公務員、中田忍の

7.

koumuin, Nakata
Shinobu no akutoku

CONTENTS

DESIGN musicagographics

公務員、中田忍の悪徳 7

立川浦々
イラスト 棟蛙

koumuin, Nakata
Shinobu no akutoku
characters

人物紹介

中《なか》田《た》忍《しのぶ》

主人公。区役所福祉生活課で
係長を務める地方公務員。

河合《かわい》アリエル

異世界の被造生物。生来の機能
として環境浄化能力を備える。

一《いち》ノ《の》瀬《せ》由《ゆ》奈《な》

忍の部下で、優秀な才媛。
己を偽るのが非常に上手い。

御《み》原《はら》環《たまき》

忍への恋心を自覚した女子高生。
想いのために、ある悪徳を犯す。

直《なか》樹《き》義《よし》光《みつ》

忍とは大学時代からの親友。
野生生物を研究する大学助教。

若《わか》月《つき》徹《てっ》平《ぺい》

忍とは大学時代からの親友。
妻の早織と娘の星愛姫がいる。

前《まえ》澤《ざわ》美《み》羽《う》

女子大生。小学生の頃、忍たちの
大学でサークル活動に加わっていた。

菱《ひし》沼《ぬま》真《ま》理《り》

福祉生活課のお局を自称する保健師。
若手だった頃の忍を知っている。

堀《ほり》内《うち》茜《あかね》

忍の部下。業務の経験がまだ浅い。

初《はつ》見《み》小《さ》夜《よ》子《こ》

忍の部下。お調子者で合コン好き。

【あく‐とく　悪徳】道徳にそむいた悪い行いや心。↔美徳。「悪徳業者」「悪徳商人」

出典：現代国語例解辞典【第五版】（小学館刊）

断章・御原環《みはらたまき》の挑戦

私こと御原環は、あるひとつの悪徳を犯そうとしている。

大切な友達《アリエルさん》の厚意を利用して、最低の人生を五四〇度変えてくれた最愛の恩人《しのぶさん》を騙《だま》すのだ。

考え過ぎだとは思わない。

私が忍《しのぶ》さんの〝信頼〟を裏切るということは、つまりそういうことなのだから。


区役所福祉生活課支援第一係長、中田《なかた》忍三十三歳。

他人に厳しく、自分にはもっと厳しい、仏頂面《ぶっちょうづら》がちょっとカッコいい、大人の男のひと。

異性どころか他人に一切興味を持ってなさそうな忍さんの人生は、突然現れた謎《なぞ》の異世界エルフ、アリエルさんを保護したことで、すっかりその性質を変えた。

ギリギリの重荷を背負いながら、アリエルさんを護《まも》るために心を尽くす日々。

その一方で、助ける義理も必要もない、ぼっちで根暗でコミュ障な私を見付けてくれて、仲間として迎えてくれて、存在を尊重してくれて。

そんな人、好きになっちゃうに決まってるよね。

だけど私は、私の想《おも》いが実るわけないってことも、ちゃんと分かっていた。

忍《しのぶ》さんの傍には、素直で包容力のある、優しくて可愛《かわい》いアリエルさんがいる。

あんまり素直じゃないけど、頼もしくて凛々《りり》しい大人の女性、一ノ瀬由奈《いちのせゆな》さんがいる。

所詮《しょせん》は子供扱いで、実際子供の私が付け入る隙《すき》なんてないって、最初から諦《あきら》めてた。


そんな中に降って湧《わ》いた、最悪で最高で、とびっきり卑劣な大チャンス。

旧日本軍の秘密が眠る、瀬戸内海に浮かぶ謎《なぞ》の孤島、耳島《みみじま》（島内の業務日誌から引用）。

地下要塞《ようさい》の最深部には、なんとエルフ文字が残されていて、何がいけなかったのか、異世界エルフのアリエルさんだけが意識不明に陥った。

アリエルさんの意識は半日くらいで戻ったけど、私がこっそり撮影していた、最深部のエルフ文字を収めた動画を見せたら、忍さんたちには黙っていて欲しいという。

秘密にしてくれるなら、対価として私の〝望み〟を叶《かな》えてくれる、とも。


だから私は、悪徳に手を染めるって決めたんだ。

本当に欲しいものがあるなら、それに沿う形で力を尽くさなきゃ、永遠に手は届かない。


ねえ。

そうなんですよね、忍さん。

◇◆◇◆◇◆◇

私がアリエルさんを昼ご飯に招待し、秘密と〝望み〟の約束を交わしたその日、つまり八月二十七日月曜日の夜。

私は忍さんの家にお邪魔して、アリエルさんの手料理をいただくことになっていた。

図々しいかなぁ、とも思ったけど、今日は由奈さんが用事で来れないって聞いたし。

アリエルさんのやる気も十分だし、私が怖気付《おじけづ》く前に計画を実行するなら今しかない。

悩んで、迷って、覚悟を決めた。

止まりたいな、と願うときほど、現実は私の邪魔をしてくれないのだ。

チーン

「ハイヤケタ!!」

アリエルさんがオーブンを開くや否《いな》や、中にあったアツアツの耐熱皿はふよふよと宙に浮き、忍さんと私がいるダイニングテーブルのコルクマットへ安全に着地した。

埃魔法《ほこりまほう》の無駄使いここに極まれり、って感じだけど、アリエルさんにとっての埃魔法は優生特徴のひとつに過ぎないわけで、一周回ってこんな使い方が正しいのかもしれない。

「アリエルさん、これなんて料理ですか？　野菜グラタン？」

「ヨシミツが教えてくれた〝夏野菜と鶏肉に自家製マヨネーズを散らして、オーブンでこんがり焼いたやつ〟です。見た目からして既《すで》にオイシー」

「お、おぉ……直樹《なおき》さんらしい、分かりやすいネーミングですね」

「義光《よしみつ》の教えた料理なら間違いはあるまい。名前は少し独創的だが」

「分かりやすくオイシー、夏野菜と鶏肉なのです」

得意げに胸を張ったアリエルさんの視線が、私のほうにちらと向く。

事前の打ち合わせ通り、私はダテ眼鏡《めがね》を外し、アリエルさんに左目でウィンクを送った。

さりげなくできたはずなんだけど、アリエルさんは真剣な顔で大きくウンと頷《うなず》いちゃったし、忍《しのぶ》さんは眼精疲労の若者を気遣うような仕草で私を見ている。

これは私のウィンクがどヘタクソで呆《あき》れられたか、作戦に気付かれたかのどっちかだろう。

前者も最悪だけど、後者はいよいよ最悪なので、私は動揺を押し隠し、どうにか堪《こら》える。

「タマキの誕生日には、ケーキを焼いてあげましょう。いつがいいですか、タマキ」

「アリエルさん、誕生日は選べるものじゃないんですよ。私のは九月一日だけです」

「……なんということでしょう」

アリエルさんが演技半分、本気半分で頭を抱《かか》えて、指先をうにうにさせていた。

秘密の対価とは別に、とびきりのケーキを作ってくれるって言ってたから、試作の機会が足りなさ過ぎると頭を悩ませてくれてるのかもしれない。

……ごめんなさい、アリエルさん。

ただ幸いなことに、忍さんは不審を抱いた様子もなく、普段通りの仏頂面《ぶっちょうづら》で頷いてくれた。

「御原《みはら》君の誕生日は今週末だったな。俺にも叶《かな》えられる祝い方を、何か考えては貰《もら》えたか」

「それでは、タマキとふたりでオデカケするのが良いでしょう」

仕込み通り割り込んでくれたアリエルさんへ、忍さんが怪訝《けげん》な表情を見せる。

「なんだ、唐突に」

「この間、シノブと水族館に行ったとき、アリエルはハイパータノシーになりました。タマキのお祝いをするなら、ハイパータノシーにするのがヨロシーのではありませんか」

「あっ、それいいですね。私も忍さんにエスコートして貰って、お出掛けしてみたいです」

「提案は有り難いが、却下だな」

……うぅ。

分かり切ってた反応だけど、正直、ちょっとめげそう。

「ナンデ?」

「現代社会における血縁のない男女は、交際関係やその前段階にある者でなければ、ふたりきりで出歩いたりしないものだ。お前の保護や教育、研究や調査のためなど、特別な理由がある場合を除けば、本来軽々に為《な》されるべきではない」

「ユナは？」

「時には括り切れん者もいる」

「フムー」

……ショックを受けてる暇なんてない。

今は、笑わなきゃ。

大したことないみたいに、笑わなきゃ。

「でも忍《しのぶ》さん、それはそれでちょっと、世の中の動きとはズレてませんか？」

そして、先手を打つ。

もしグループで出掛ける提案なんてされたら、それだけで話が終わっちゃうから。

「ふむ」

「今はSNSで会うとか普通みたいになってますし、歳《とし》や性別に関係なく集まって遊ぶ方の話も聞きます。ふたりで出掛けることを特別扱いし過ぎるほうが、不自然じゃないですか？」

「世間は世間、俺は俺だ。俺は自ら判断し、こうあるべきだと結論付けた態度を以《もつ》て、君たちに接すべきだと考えている。親御さんに面会したことすらない不審な大人と、女子高生たる君が連れ立って遊びに出ることを、俺は不適切だと断ずる。ましてやつい先日も、俺の甘い判断で遭難の危険に巻き込んだばかりだというのに、ただの遊びになど連れ出せるものか」

……大丈夫。

一見劣勢に見えるけど、上手《うま》い具合に忍さんの問題意識を誘導できてる。

ここは由奈《ゆな》さんみたいに、ちょっと呆《あき》れた感じを出して。

「だからこそですよ、忍さん」

「だからこそとは」

「今年の私の夏の思い出、アルバイトと遭難だけなんですけど」

「……」

こうやって忍さんの罪悪感を刺激すれば、解決に周りの手を借りようとはしなくなる。

だったらあと、もう一歩。

「ところで忍さん」

「なんだろうか」

「誕生日のお祝いって、忍さんの力が及ぶ範囲なら、なんでも叶《かな》えてくださるんですよね？」

「……ああ。そのように話した覚えはある」

仮にふたりきりになれたって、含みのある話にならないことは、私だって承知の上だ。

それでも。

「私も大袈裟《おおげさ》なことをお願いするのは、気が引けちゃうなーと思ってましたので。ちょっとしたお出掛けで約束を消化していただくのは、お互いにとって合理的じゃないですか？」

ふたりきりで出掛けられるなら……ううん。

ほんのちょっとだけでも関係の性質を変えられるなら、もうなんだっていい。

それぐらいしなきゃ、私はきっと、選択肢のひとつにもなれないから。

「……」

忍《しのぶ》さんが長考状態に入ったのを見届けて、私は緒戦の勝利を確信した。

◇◆◇◆◇◆◇

五日後、九月一日。

私が十七歳の誕生日を迎えた、決戦の土曜日。

忍さんは『法律の規定上、日本国民の年齢計算は誕生日の前日が終了する瞬間に加算されるので云々《うんぬん》』みたいなことを言っていたけど、正直あんまり覚えていない。

これから私は、広島遠征——冗談でもあれを旅行とは呼べない——広島遠征を生き残ったなけなしのお小遣いで買った、やたらヒラヒラの勝負服を纏《まと》い、忍さんとのデートに挑む。

……肩出しの服なんて初めてだけど、ほんとにこんなの着て外歩いてもいいのかな。

スカートも、流石《さすが》にちょっと……短かったかな。

でもいいよね、デートなんだし。

忍さんがどう思ってたって関係ない。

私にとっては、デートなんだから。

「……」

アリエルさんを招いて以後、私以外誰《だれ》も入っていない家の中を見渡す。

お父さんは、夏休みを過ぎても帰って来なかった。

『環《たまき》もう十七歳だし、お父さんなんていないほうが気楽なんじゃないか?』なんてお為《ため》ごかしのメッセージに、私はゆるい猫のスタンプを返すぐらいしかできなくって。

もちろん、相談なんて、できなくって。

「……お財布よし、メイクポーチよし、スプレーよし、塩飴《あめ》よし、経口補水液ヨーシ……」

連日夜も寝ないで準備したアイテムの数々、考え続けたデートコースに、気を遣わせず楽しい時間を過ごせるようスマホのメモアプリに記した、とりとめのない話題たち。

覚えたての化粧、ヘンじゃないかな、ちゃんと可愛《かわい》く見えるかな。

肩に力ばかり入った、全力の指さし確認に疲れた私は、一度姿見を確認しようとして。

「……」

自分自身を直視できずに、諦《あきら》めて家を出ることにした。

このまま電車に乗れば、待ち合わせの駅には三十分以上早く着いちゃうだろう。

忍《しのぶ》さんが待ち合わせ時間丁度を狙うタイプだということは、本人から聞いて知っている。

だから、今家を出たとしても、家の中でうじうじするか、待ち合わせ場所でうじうじするかの違いしかないんだけど、それでも私は待てなかった。

これ以上、自分と向き合う時間を過ごしたくなかった。

だって。

鏡に映る醜悪な私は、もっと醜悪な本物の私を、非難がましい眼差《まなざ》しで睨《にら》むから。


目指す待ち合わせ先は横浜駅、相鉄口の交番前。

自宅最寄り駅の改札を抜け、ホームへ歩みを進めながら、私は上の空で思いを巡らせる。

ペーン　ポーン
背後から大きく響く特徴的な音、もとい、視覚障害者誘導用音サイン。

これの名前と役割を教えてくれたのは、忍さんだったっけ？

それとも直樹《なおき》さん、由奈《ゆな》さん、大穴で徹平《てっぺい》さん？

考えたって分からないし、思い出せる自信もない。

選《よ》り分けてタグ付けなんてできないほど、私は沢山のものを貰《もら》ってしまった。

若月《わかつき》徹平さん。

忍さんのお友達で、どっちかと言えばオラオラした感じでちょっと怖い、男らしい男の人。

見るからに陽キャだし、性欲強そうだし、正直一番近付きたくないタイプだったんだけど、いざ話してみたら、ちっとも怖くなんてなかった。

忍《しのぶ》さんの前だと油断しちゃうのか、冗談ばっかり言ってるのに、星愛姫《ティアラ》ちゃんや私、アリエルさんの面倒見てるときなんかは、大人!! って感じで、結構カッコいいんだよね。

押し付けがましくない程度に、私のこと、気遣ってくれてるのが伝わってきて、こういうのが大人の優しさなんだなーって、私は嬉《うれ》しくなってしまった。

そんな徹平《てっぺい》さんも、ときどき私にやらしい視線を向ける。

多分本人に自覚はないか、頑張って隠そうとしてくれているんだと思う。

だけど、私くらい見られ慣れてしまっていると（言い方！）、視線に気付いてしまうのだ。

ただその事実は、私の徹平さんに対する評価を下げてない、むしろ少し上げている。

だって、徹平さんみたいな大人でさえ、自分のやらしいところを隠し切れないんだから。

私と同い年の男子なんかが、隠し切れるわけないよね。

それでも私のために隠し続けようとしてくれる徹平さんは、私の味方に間違いないし。

そうじゃない男子たちも、ある程度は仕方がないのだと、優しい気持ちで諦《あきら》められた。

一ノ瀬由奈《いちのせゆな》さん。

お姉ちゃんみたいに凛々《りり》しく、先生よりも優しく頼らせてくれる、カッコいい大人の女性。

由奈さんの学生時代は陽キャ一直線！ って感じで、男女問わずたくさん友達がいたそうだ。

でも、私が素直に「羨《うらや》ましいです」って言ったら、由奈さんはちょっと眉《まゆ》を顰《ひそ》めた。

『私のは悪い例。見習う必要ないからね。友達はちゃんと選びなさい』

正直、意味が分からなかった。

だって、友達が多いのは、素敵なことじゃないか。

誰《だれ》でも集合知《インターネット》を扱える現代、個人の能力なんてよっぽど尖《とが》ってなくちゃ意味なくて。

お金や知識じゃどうしようもない、人間関係を自由に組み立てられる人が最強、ですよね？

だから私は、素直に疑問をぶつけた。

忍さんたちは、みんな私と真摯《しんし》に向き合ってくれる。

だったら私も、気持ちを隠したりせずに、正面から向き合わなきゃって思ったから。

そしたら、由奈さんが言うんだ。

『友達になるっていうのは、自分と相手の一部分を、少しだけ交換するようなものなの。

自分が想《おも》ってもらうだけ、相手のことも想ってあげることになるからね。

だから、友達を増やすことだけを考えていたら、そのうち環《たまき》ちゃん自身の想いとか、一番大切にしなきゃいけないものまで、細切れになって全部消えちゃう。

そしてあなたは、自分じゃない誰《だれ》かへの想《おも》いに満たされた、よく分からない何かになる』

そう語る由奈《ゆな》さんを、私は今でも忘れられない。

後悔とか、悲しみとか、そんな分かりやすい感情じゃなくて。

むしろ、ちょっとだけ楽しそうにすら見えるのに、寂しげな声色《こわいろ》がひどく印象的で。

きっと忍《しのぶ》さんたちの前では、こんな表情を見せたりしないんだろうな、って思ったら、ちょっとドキドキしてしまった。

だって、由奈さんのプライベートな想いを、少し分けて貰《もら》えたような気がしたから。


直樹義光《なおきよしみつ》さん。

柔らかで人当たりの良い方なんだけど、名前で呼び合っていただく野望は頓挫《とんざ》したままだ。

ちょっとだけ悲しいけど、仕方ないよね、と思っている自分もいる。

私の勝手な印象だけど、直樹さんは本当に忍さんのことを大切に想っている、と思う。

その想いが強ければ強いほど、偽者エルフ事件なんか引き起こして、忍さんをいたずらに困らせて苦しめた私のことを、気持ち良く受け入れられるはずがないよね。

直樹さんから信頼して貰えるように、私自身が頑張らなくちゃ。

……なんて言ってる傍から、私は忍さんの信頼を裏切ってるんだけど。

暗澹《あんたん》とした気持ちを引きずりながら、私は混雑気味の快速特急に乗り込んだ。

長椅子《いす》が向かい合う奥の奥まで人の流れに圧《お》されて、ちょっと窮屈な思いをしながらつり革を確保して、そうこうするうちにドアが閉まって、電車がゆっくりと走り出し——

　さわっ

あ。


やだ。

うそ。

なんで。

最初は偶然っぽく背中に、ちょっとずつ腰へ、お尻《しり》へと下がっていく、最悪の感触。

何度も何度もされてきた私には、考えなくても分かる。

勘違いであって欲しくても、勘違いなんかじゃない。

痴漢だ。

完全に油断してた。
お洒落《しゃれ》しなきゃって必死で、夏のお出掛けだからって、露出の多い薄着なんかして。
土曜日だからって思考停止して、立ち位置も考えずに混んでる電車乗っちゃって。
荷物で身体《からだ》を隠したり、周りの人の性別や年代を確認もせず、無警戒にぼーっとして。
こんなの、狙ってくださいってアピールしてるようなもんじゃないか。

一気に力が抜けて、目の前が真っ暗になる。
そして、どうしようもない諦観《ていかん》に身体が支配される。
ああ。
ダメだ。
ダメなのに。

私のスカートを少しずつまくり上げ、直接お尻《しり》を触ろうとする手慣れた動き。
声を上げる気も、抵抗する気も、すぐに失せてしまう。

だってそんなの無駄だから。

周りの大人はみんな、見て見ぬフリを続けてるんだから。


変われたと思っていた。

忍《しのぶ》さんたちと一緒にいるうちに、自分はそうじゃなくなったんだって。

でも、それこそが勘違いだった。

悪いのは、今も昔も私自身。

触られるような体つきをしている私が、自分を管理できていないのが悪いんだ。

嫌《いや》なら嫌って言えばいいし、態度で示せばいいのに、そうしないのが悪いんだ。

だから触られちゃうんだし、誰《だれ》も助けてくれないんだ。


何処《どこ》かのまとめサイトで読んだけど、性犯罪とかの被害で尊厳を傷付けられた人は、自分のことを大事にできなくなってしまう傾向がある、らしい。

私も、そのせいでこんなに自信が持てないのかな、とか、頭ではちゃんと考えられる。

私の心が弱くても痴漢していい理由にはならないし、悪いのは確実に痴漢のほうなんだって。

抵抗したって、いっそ捕まえちゃっても構わないんだって、頭では理解できている。

でも、言い訳にしてしまう。

お尻《しり》から伝わる嫌な感触と、胸の底から湧《わ》き上がる無力感が、私の人間性を否定する。
私なんかが何したって無駄だって。
私なんかが頑張るだけ、無駄なんだって。
私が少しの間我慢していれば、ぜんぶ丸く収まるんだって。

これは罰なんだと思った。
私を見付けて、どん底から引き上げてくれた忍《しのぶ》さんの信頼を裏切った罰。
忍さんの繋《つな》いでくれた縁を、忍さんたちが繋いでくれた時間を、裏切った罰。
だから私は、元に戻っちゃったんだ。
元の穴よりもっと深い、どん底のどん底に落ちるって、そういう運命なんだ。

痴漢の手がスカートの中に入り込んで、下着を引っ張り始める。
夏だもん、毛糸のパンツなんて穿《は》いてない。
下着の中まで、触られちゃうかもしれない。
やだ。
でも。
ああ。

電車は快速特急だったので、目的の駅まで止まってくれない。
抵抗する気力も、騒ぎ立てる度胸も、今の私にはなかったから。
それならせめて、楽しいことを考えながら、我慢しよう。

楽しいこと。
楽しいこと。
楽しいこと。

……忍さん。

デート、楽しみだったのにな。

『何がデートだ、この痴《し》れ者が』

……

……

……あれ？


『寄りかかれる居場所がないのなら、ひとりで立つ能力と覚悟を身に付けるしかあるまい』


私の心の中から、私を罵倒《ばとう》する声が聞こえる。

声の主は、私を慰めてくれるはずだった、私の心の中の忍《しのぶ》さん。

概念だけの忍さんが、思い出の忍さんの言葉で、私を徹底的に刺しに来る。


『まずは服装を直してくれ。それが誠実な態度というものだ』

『分かるさ。そんな寒そうな格好で街中を歩けば、不審者そのものだからな』

『俺の知ったことではない。交渉は決裂だな』

『俺は、俺自身の生き方という価値を摩耗《まもう》させないために、君との約束を守ったに過ぎない。君個人にはなんの興味もないし、特に価値を感じているということもない』

『仮にそうすることで望みの物が手に入ったとして、後に残るのは自分ではない。今までの自分より小さくなった、薄汚い残りカスだ』

『その下劣な手管でどれだけの無法を通してきたのかは知らんが、俺に通用すると考えるな』
『俺は君を軽蔑《けいべつ》する。恥を知れ』

……えーと。
申し訳ないとは思うんですけど、そんなに怒らなくても良くないですか？
今ちょっと、ホントに辛《つら》いんで、優しくしてくださると助かるんですが。
私は状況も忘れて、心の中の忍さんに抗議する。
けれど。
私の心の中の忍さんは、眉根《まゆね》を寄せて溜息《ためいき》を吐《つ》いた。

『失望させてくれるなよ』
『誤りだと分かり切った選択に甘んじ、自ら行動することを放棄した挙句、傷付いた、慰めて欲しいなどとのたまうのは、君の不合理な身勝手と断ずるほかない』
『今一度考え直せ、御原環《みはらたまき》』
『君が突き出すべきは、その豊満な尻《しり》か』
『あるいは君の尻を侵す、その薄汚い痴漢なのかを』

……言うかなぁ、こんなこと。

……言うかもなぁ。

まあ、それはどっちでもいいか。

忍《しのぶ》さんは、私に厳しく当たることも少なくなかったけれど。

それは忍さんが、私と真剣に向き合っていたからこそで。


忍さんが、私という存在の価値を、認めてくれていたからこそで。


私は忍さんの信頼を裏切った、最低のクソガキかもしれないけれど。

私がこんな風に折れたら、きっと忍さんは悲しんでくれる。

「私以外に迷惑なんてかからないんだから、私さえ我慢すればどうなってもいい」なんて。

忍さんはきっと、認めてくれない。


ごめんなさい、忍さん。

こんな風に頼る資格、今の私にはないのかもしれないけど。

力を貸してください。

ちょっとだけ、甘えさせてください。

私は忍さんがするように、頭《こうべ》を垂れて意識を集中する。

痴漢の手が下着の中に入ったけど、構ってる暇はない。

考えなきゃ。

私が、私自身の価値を摩耗《まもう》させないために、今からできることはあるだろうか。

考える。

考える。

考える。

考えて、考えて、考えて、私は。

私の正面に座っていた、痴漢とは無関係な、ワイシャツのおじさんの手を取った。

「……え」

ワイシャツのおじさんは気の毒なくらい慌てていたけど、こっちはもう止まれない。

私は握った手を放すことなく、おじさんの目をじっと見て。

緊張でカスカスの喉《のど》から、どうにか声を絞り出した。

「見てましたよね。助けてください」

◇◆◇◆◇◆◇

その後のことは、あんまり詳しく覚えていない。

あれよあれよと痴漢が捕まって、私も警察署に連れて行かれて、現れない私を心配した忍《しのぶ》さんが連絡してきて、泣きながら迎えに来てくださいってお願いして。

気付いたときにはもうお昼過ぎで、全部の後始末を終わらせてくれた忍さんに連れられ、警察署を出たところだった。

忍さんの三歩後ろを俯《うつむ》き加減に歩く私は、忍さんをまともに見れなかった。

恥ずかしくって、情けなくって、顔向けできなかった。

でも忍さんは、こんなときでも忍さんで。

「災難だったな、御原《みはら》君」

普段通りを装ってくれてるんだろうけど、全然普段通りじゃない、柔らかな声色《こわいろ》。

大人の皆さんはもちろん、多分アリエルさんにすら見せないのであろう、〝子供〟を慈《いつく》しむ優しい忍さんの姿。

そんな〝特別〟から脱したくて、卑劣な悪徳に手を染めたはずなのに、結局私は忍さんの〝特別〟に甘えて、気を遣わせて、助けられてしまった。

「……」

心がぐちゃぐちゃになって、きゅうっと絞まって、泣き叫びたくなる。

忍さんの背中に縋《すが》り付きたかったけど、そんなことできるはずもなくて。

うじうじする私の様子に気付いたのか、前を歩く忍さんが足を止め、振り向いてくれた。

「君の心情を理解できるとまでは言わん。だがこんな街中では、君を休ませることも、身体《からだ》を清めさせてやることもできない。酷だろうが、君の家に着くまでは辛抱してくれ」

……。

「……帰りたくない、です」

言葉がこぼれた。

我慢すべきだったはずの、みっともなさ過ぎる、自分勝手なわがまま。

案の定、忍《しのぶ》さんは困った様子で、言葉を探すように息を吐く。

「日を改めないか。君が今日のプランニングに心血を注いでくれたことは、俺も承知しているつもりだ。さりとて、時刻はもう昼を過ぎている。今から予定を切り詰めて、強引に消化するぐらいならば、後日一ノ瀬《いちのせ》君やアリエルと予定を合わせ、皆で――」

「それじゃあ意味がないんです」

まずいなって頭では分かってるけど、歯止めが利かない。

自分を制御できてない。

ぐちゃぐちゃだ。

ぐちゃぐちゃだけど。

……でも。

「私だって本当は嫌《いや》ですよ。お化粧だって崩れちゃったし、触られたところだって気持ち悪いし、家に帰ってシャワー浴びて頭から布団被《かぶ》って、ひとりでわんわん泣きたいんです」

「……」

「でも、そんなことだけで今日が終わっちゃうほうが、もっと嫌なんです。せっかく忍さんとお約束できた今日を、嫌な思い出で汚したまま終わらせるほうが、苦しいんです」

分かってる。

こんなこと言ったって、忍さんを困らせるだけだ。

忍さんの言う通り、今から予定通りお出掛けなんてできっこないし、こんなグズグズでグダグダな私を連れて、忍さんだって出歩きたくないよね。

諸々《もろもろ》色々ごめんなさいって謝って、全部終わりにしちゃいたい。

でも。

『それだけはイヤだ』って、私の中の子供な私が許してくれない。

どうしようもなくなって、私はその場で俯《うつむ》いたまま、ただただ涙を流すしかなくって。

だけど。


「ならば、少し付き合ってくれるか」


「へ……？」

「こっちだ」

短く言った忍さんは、すたすたと速足で歩き始めてしまった。

「ちょ……ちょ、忍さんっ!?」

私は刹那《せつな》、涙を流すことも忘れ、慌てて忍さんの後を追うのだった。

◇◆◇◆◇◆◇

忍《しのぶ》さんに連れられ、警察署から駅がある繁華街のほうへ戻る。

「ここだ」

「……はあ」

私は呆気《あっけ》に取られつつ、その建物を見上げた。

学生やカップル、親子連れとかも入り乱れて歩く、駅西口から伸びるメインストリート。カラオケとかファーストフード店とか卓球なんかもできるゲームセンターみたいなやつとか、とにかく賑《にぎ》やかな施設が並ぶ中、忍さんが示したのは、おっきなスーパーマーケット。

デパートとかじゃなくて、ほんとに普通の、おっきなスーパーマーケット。

二階から六階くらいまでは、いくつか別のお店が入ってるみたいで、それより上の十数階くらいまでは、綺麗《きれい》めな団地みたいな集合住宅がのっかっている。

そしてなんとも不思議なことに、この生活感溢《あふ》れ異彩を放つおっきな建物は、周囲とのミスマッチなどものともせず、街並みへ自然に溶け込んでいた。

私自身元々陰キャだし、この辺に来たことも数えるほどしかないけど、この建物がここにあるんだと認識できたのは、多分初めてだと思う。

「なんか不思議な感じですね。街の発展に取り残された昭和の遺産、みたいな」

「建物だけなら、俺が生まれる前からあった筈《はず》だ。近日中に取り壊されるらしいが」

「お洒落《しやれ》なデパートとかに、建て直すんでしょうか」

「いや。より大きく建て直して、今と同じスーパーマーケットを入れるらしい」

「スーパーマーケット、需要あるんですね」

「上層に公営集合住宅が併設されているからな。煌《きら》びやかな街並みに隠れて感じ辛《づら》いが、この街にもヒトの暮らしがある」

話しつつスーパーへ入り、やや古びた感じのエスカレーターを乗り継いで、上へ上へ。年季を感じる内装に、照明も薄暗い感じで、なんだかちょっと不安になってくる。

「どこまで行くんですか？」

「五階だ……着いたぞ」

「……わあ」

四階のエスカレーターを上り切った先は、まるまる広々ワンフロアの本屋さんだった。壁の表示を見ると、どうやら六階も本屋さん。

予想外の光景に、私は暫《しばら》く固まってしまう。

「大きな本屋は珍しいか。君の最寄り駅のデパートにも、小さくない店があったろう」

「基本的にネットで買いますから、あんまり行かないんですけど……それにしたって、こんな大きいお店は初めてです。私が知らないだけで、有名なお店なんでしょうか」

「いや。県内最大規模との触れ込みだが、駅に直結しない立地のせいか、知名度はいまいちの印象だ。俺は騒々しくないところが好みで、学生の頃《ころ》から通っている」

「え」

「どうした」

「忍《しの》さん、出身はお近くなんですね。ご実家の話が出ないから、遠くなのかと思ってました」

「生まれも育ちも県内だ。諸々《もろもろ》あって、実家とは疎遠だがな」

「あ……すみません」

「構わない。それよりも、少し見ていこう」

「えっ……と」

言葉に詰まってしまう。

忍さんの仏頂面《ぶっちょうづら》が、ほんのちょっとだけ歪《ゆが》んだのが、私にも分かった。

「好みに合わなかっただろうか」

「そんなことはないんですけど……ご期待に沿えるか、少し不安になりまして」

「ご期待とは」

「私、本なんて漫画くらいしか読まないので……私ごときの読書レベルを忍さんの前で晒《さら》すのは、少し恥ずかしいと申しますか……」

「寡聞《かぶん》にして知らんな。〝読書レベル〟とやらについて、説明を頼んでもいいだろうか」

「その方が好みそうな本のレベルです。忍さんは『ドグラ・マグラ』とか好きそう」

「君は読んだのか」

「いえ」

「風評とイメージでレッテルを貼《は》るものではない。あれはあれで興味深い作品だったぞ」

「すみません」

でも読んだことはあるんだ。

流石《さすが》忍さん。

今の忍さんの人格形成に、少なからず影響してるのかもしれない。

「ともかく、漫画でも雑誌でも構わない。興味の持てそうなものを、いくつか見繕ってくれ」

「どうしてですか？」

「今後の行程に必要となる」

「……分かりました」


格好を付けて表現すると、このお店は知の迷路だった。

ただでさえ見渡すほど広い店内へ、この程度じゃ足りませんよと言わんばかりに背の高い本棚の通路が据えられて、無数の本に見下ろされているかのような緊張を覚える。

傍《かたわ》らの忍さんは、普段通りの仏頂面で文庫本の棚を眺め、手に取ったり戻したりしていた。

「忍《しのぶ》さんは、普段どんな本お読みになるんですか?」

「特に意識してはいないが、主《おも》にとなれば娯楽小説だろうか。君のいう〝読書レベル〟でランク付けするなら、低位に置かれるであろうものばかりだ」

「ファンタジーものとか、ライトノベルとかも?」

「ものによっては読むこともある。初対面のアリエルを〝エルフ〟と意識できたのも、そうした経験の賜物だと考えている。もっとも――」

「もっとも?」

「……すまない。忘れてくれ」

「えー、気になりますよ。教えてください」

「本当に、大した話ではないんだ」

「逆の立場だったら、忍さんは諦《あきら》めませんよね。教えてください」

「……」

「……」

「……俺の知る〝エルフ〟はもっと華奢《きゃしゃ》で、しとやかで、尚且《なおか》つ小食だった」

「……そうですか」

エルフの巨乳化が進んだのは、ここ十年くらいだって言われてるもんね。

その辺の感覚は、忍さんも古参オタクの皆さんと一緒らしい。

「でも意外です。忍さんのことだから、もっと海外古典の名作とか、ゴリゴリの宇宙戦争ものSFとか、濃ゆいの以外認めないのかなって思ってました」

「例えば」

「『ドストエフスキーの兄弟』とか」

「誰《だれ》だ、それは」

「あるじゃないですか、有名なロシアのやつ。カラマーゾフの血を引いた三兄弟が――ってこれ『カラマーゾフの兄弟』ですね。すみませんでした」

「うむ」

ひゃー。

やっぱり、慣れないことはするもんじゃない。

っていうか、知ったかぶりはするもんじゃない。

「洋書もSFも手は出すが、分野を絞ればそれだけ楽しみも狭まるばかりだ。キャラクター性がストーリーを迷走させがちなライトノベルも、それはそれで面白い」

「逆に忍さん、主人公に感情移入したりするんですか？」

「いや。俺自身と主人公を同一視する読み方は、基本的にしない」

ちょっと、いやかなり失礼な話だけど、まあそうだろうなあと思ってしまう。

忍さんくらい土壇場の問題解決能力が高い方だと、主人公より凄《すご》いトラブルの解決方法とか思い付いちゃうんだろうし、気の弱い登場人物が繊細な心の機微で尻《しり》込みしちゃうシーンとか、鼻で笑って読み飛ばしてそう。

「でもそんなんじゃ、小説読んでても面白くないですか?」

「面白いさ。それに興味深くもある」

「でも、喜びとか悲しみとか、心の強く動く部分を、主人公と共有しないんですよね」

「同調からのカタルシスだけが、小説の楽しみ方ではない」

壁の圧力で私たちを見下ろす、何千冊もの文庫本。

忍《しのぶ》さんは仏頂面《ぶっちょうづら》のまま、けれどどこか楽しそうに、背表紙の海へ指を滑らせる。

「どれだけ足掻《あが》こうと、中田《なかた》忍は中田忍の人生を、御原環《みはらたまき》は御原環の人生を、それぞれ一度きりしか生きられない。だが俺たち《ヒト》は、作品を通じて他の生を追体験し、その厚みを自らの人生に差し加えられる。まるで一度きりしかない人生を、何度も生き直せているかのように」

「……」

「興味深い、得難い貴重な経験とは思わないか」

「……そんな風に考えたこと、ありませんでした」

「そうか」

忍さんの指が、背表紙の海から一冊の文庫本を抜き取る。

お目当ての作品《じんせい》を、見つけられたのだろうか。

「小説は虚構だ。虚構から何かを学ぶより、現実から何かを学ぶほうが有益であると、フィクションを小馬鹿《こばか》にする文化人気取りも少なくない。だが、言い出せば現実とて同じだろう。自身の体験でない以上、誰《だれ》かの体験談《げんじつ》と創《つく》られた虚構《フィクション》に、本質的な違いは存在しない」

「友達の友達から聞いた話と小説の物語は、本質的には同じようなもの、ってことですか？」

「ああ。ならば、ままならん現実より虚構から人生を学ぶのも、ひとつの選択ではないか」

……流石《さすが》ですね忍さん！　と同調したら、彼は私を気に入ってくれるだろうか。

……それってどうなんですかね？　とひねくれてみたら、彼は私を見直してくれるだろうか。

私にとってはひどく重要で、早急に検討すべき事柄が脳裏へ浮かぶ。

でも、それは一瞬のことで。

私は、今私が何をどうするべきなのか、すぐに分かってしまった。

「……」

敢《あ》えて言葉を返さず、私は忍さんの横に並び立つ。

私たちを見下ろす、無数の作品《じんせい》。

「忍さん、お薦め教えてください」

「興味を持てそうなものを探してくれ、と言ったろう」

「私は、忍さんが楽しいと思った作品《じんせい》を楽しみたいなと思ったんです。追体験できるだけじゃなく、共有できるのも、虚構《フィクション》の楽しみ方だと思いませんか？」

ちょっと生意気かもしれない。

だけど計算も打算もない、私自身の素直な想《おも》い。

忍《しのぶ》さんは何を感じたのか、普段の仏頂面《ぶっちょうづら》をちょっとだけ崩し、優しく微笑《ほほえ》んでくれた。

「言うじゃないか」

「一般論です。自慢にもなりません」

「それを言うなら、俺も受け売りだ」

「そうなんですね。どんな方からの受け売りなんですか？」

別に、おかしなことを聞いたつもりじゃなかった。

虚構《フィクション》との向き合い方なんていう、忍さんの心の深い部分に影響を与えたのはどんな人だったんだろうって気になって、話の流れで質問した。

ただ、それだけのはずだったのに。


「記、憶にない、い。一、切、覚、えていい、ない、い」

まるでその瞬間だけ、忍さんが人工知能《AI》に支配されたみたいだった。

設定されたテキストを読み上げるみたいに言葉を発した後、直前の記憶を失くしたみたいに小さく瞬きして、まるで何もなかったかのように、再び本棚を物色し始めたのだ。

なんだろう、地雷踏んじゃったのかな。

〝あの〟忍さんが『記憶にない』『覚えていない』なんて、どう考えても普通じゃないし。

すっごい気になったけど、突っ込んで聞いちゃいけない気もする。

結局、私もそれ以上は話題に触れず、忍さんにお薦めの本を教えて貰《もら》うのだった。

◇◆◇◆◇◆◇

それから暫《しばら》く経《た》って、もう夕方に近いくらいの時間。

好みの本を見つけた様子の忍さんと、忍さんに本を買っていただいた私は（これって誕プレ……!?）、忍さん家《ち》の最寄り駅まで戻って来ていた。

そして向かうは、人気《ひとけ》の少ない辺りにある、小綺麗《こぎれい》な感じの喫茶店。

カラカラン　カラン

「いらっしゃいませ、こちらへどうぞ」

可愛《かわい》らしいウェイトレスさんが、席まで案内してくれる。

忍さんも余計なことは言わず聞かず、案内されるままに付き従う。

〝行きつけ〟って感じで、なんとなくカッコイイ。

「よく来るんですか、ここ」

「アリエルが来る前はよく通っていた。居座っても煩く言われないからな」

「いいですね、そういうの」


なんでもご馳走《ちそう》してくださるとのお話に、私は迷わずナポリタンをお願いした。

『喫茶店のナポリタンは美味《おい》しい』『十円玉にタバスコをかけて光らせる』『縮れた紙のストロー袋に水をかけて膨らます』というのは、私が漫画で仕入れた喫茶店三大あるあるである。

忍《しのぶ》さんに話したら、全部試せばいいと言ってくれたので、全部試してみた。

タバスコなんて百円ショップでも売ってるし、ストロー袋なんてファミレスにだってあるし、今まで試す機会なんていくらでもあったんだけど。

普段は仏頂面《ぶっちょうづら》ばっかりで厳しい感じの忍さんに許しを貰《もら》って、どうでもいいような遊びをするのは、凄《すご》く楽しかった。

その結果、ナポリタンは実際美味しくて、財布の十円玉が七枚ギラッギラに輝き始めて、ストロー袋は膨らまなかった。

潰《つぶ》すときに気合を入れ過ぎて、ぎちぎちに潰してしまったのが原因みたい。

あ、忍さんは結構上手に膨らませてた。

大学の頃《ころ》に教えて貰ったらしい。

ほんとロクなこと教えないな、徹平《てっぺい》さん。

ひと段落したら、読書の時間だ。

忍さんは紅茶を傾けながら、選んだ小説に没入し始めている。

私は私で、プレゼントしていただいた、紙のブックカバーに巻かれた小説を取り出した。

定義は半分聞き流しちゃったけど、数ページから十数ページの超短編小説をまとめたものを、〝ショート・ショート〟と言うらしい。

日本にはショート・ショートの神様みたいな人がいて、その人の作品も結構面白いらしいんだけど、忍さんが薦めてくれたのは、もっと古い外国人作家の短編集だった。

『異世界であろうがなかろうが、時代と風俗の違うフィクションの本質は、さながらファンタジーのそれに近いと考える。馴染《なじ》みのない文化背景は、思わぬ方向から君を楽しませてくれるだろう』なんて忍さんは言ってたけど、大丈夫かなぁ。


……

……あ、これ知ってる。

時計と髪の毛売っちゃう話。

……

……これも知ってる。

病院の窓から見える、落ちそうで落ちない葉っぱの話。

……

……この本、結構面白いかも。

気付けば私は、夢中になってページをめくり続けていた。

痴漢騒ぎのダメージも抜け切ってたわけじゃないし、最初は忍《しのぶ》さんに気を遣って、一生懸命熱中してる感を出していたんだけど、途中からあんまり気にならなくなって。

アイスカフェオレの氷が溶け切ってしまうほど、私は活字のとりこになっていた。

けれど。

あるお話を読み終えたところで、私の手はぴたりと止まってしまう。

原題が『魔女の愛』と『魔女のお召し物』の掛け言葉になっている、どこか寂しいお話。

わりといいお年で貯金もある、パン屋の女将《おかみ》さん（独身）が、知的でみすぼらしい画家風のお客さんにほのかな想《おも》いを抱いて、新しい服を着てみたり、お化粧してみたりしちゃうんだ。

いつも古い安いパンしか買わない（買えない？）彼だけど、施しみたいにサービスしたらプライドを傷付けるかと思った女将さんは、ある〝ズル〟をして、彼の気を惹《ひ》こうとした。

彼が買った古い安いパンに、こっそりたっぷりバターを塗り込んであげちゃったんだよね。

その日の夜かな、女将さんのところにそのお客さんと、謎《なぞ》の紳士が押し掛けてきた。

『余計なことをしてくれやがったな、どうしてくれるんだ、このくそばばあ!!』

激昂《げきこう》するお客さんを落ち着かせながら、謎の紳士が事の次第を教えてくれる。

『彼は製図技師で、私はその同僚なんですがね。彼はデザインの下書きを消すために、ゴムよりもきれいに消えるクズパンを使っているんです。今日は数か月かけて準備したコンペンションの清書デザインを、いよいよ仕上げようという段階で……バターまみれのパンがね。おかげで彼の渾身《こんしん》の一作は、サンドイッチの具のようになってしまったと、そういう次第です』

女将さんはそのまま店の奥に引っ込み、古い服に着替えて、彼に見せたくて買った新しい服とお化粧品を、ゴミ箱に叩《たた》き込みましたとさ。

おしまい。

どきりとした。
胸を締め付けられた。
見透かされてたのかも、とすら思ってしまった。
だって。
ズルをしたのは、私も同じだから。

私は本で顔を隠しつつ、ちらりと忍《しのぶ》さんを見上げる。
忍さんは、まるで私なんていないかのように、いつもより少しだけ柔らかい仏頂面《ぶっちょうづら》で、熱心に本を読み耽《ふけ》っていた。

自らの禁を破ってまで、私と異世界エルフ《アリエルさん》を引き合わせてくれた忍さん。
私のわがままを許して、仲間でいさせ続けてくれた、忍さん。

ねえ。
どうしてなんですか。

どうして、あなたは、そんなに。


いつの間にか本下ろしちゃって、ただ忍さんをガン見してるだけみたいになってた！

やば。

「え、あ、はいっ!?」

「――どうした、御原《みはら》君」

「退屈だったか」

「いえ……いえ、楽しいです。さっきまでよりずっと、楽しいです」

偽りない私の本心。

ただちょっとだけ、不純な想《おも》いが混じっているだけで。

「ならば、良かった」

忍さんが安心したように微笑《ほほえ》む。


え。

待ってください。

なんで忍さんが安心するんですか。

「初めて会った日の夜、君とは随分話が合った。

君としては甚《はなは》だ不服だろうが、俺と似た趣向を好みそうに感じた。

故《ゆえ》にこそ、俺と同じような方法を採れば、君の気分を変えてやれるかと期待していた」


……。


「忍《しのぶ》さんも、嫌《いや》なことがあったときは、こんなふうに?」

「……まあな」

仏頂面《ぶっちょうづら》で、だけどちょっと照れ臭そうに言い切る忍さん。

ここまで来れば、私にだって分かる。

忍さんは私を楽しませるために、きっと散々悩んだはずで。

悩んで悩んで悩んだ結果、あんまり人には見せたくないのであろう秘密の日常を、ちょっとだけ覗《のぞ》かせてくれたに違いないのだ。


……。

好きだなぁ。

やっぱり私、この人が好きだ。

不器用だけど、優しいところが好き。
誰《だれ》よりも、頑張り屋さんなところが好き。
全然、甘えさせてくれないところが好き。
でも結局、甘やかしてくれるところも好き。
真剣に向き合ってくれるところが、好き。

変な人だってことは、十分分かってる。
それでも私は、忍さんが好き。

苦しいけど。
そもそも相手にされてないし、由奈《ゆな》さんにもアリエルさんにも勝てる気しないんだけど。

私は、バターを塗って、良かったなぁ。

第五十二話　エルフとニコチアナ

御原環《みはらたまき》の誕生日からおよそ二週間後、九月十六日の日曜日、中田忍《なかたしのぶ》邸の夜。

中田忍はソファの片端で読書を、異世界エルフこと河合《かわい》アリエルは、忍の隣で社会勉強用に買って貰《もら》った自分専用のタブレット端末を起動させ、有料配信動画を楽しんでいる。

仰々《かんごう》しいWebカメラも、部屋中の〝止〟マークもなくなり、大変すっきりした室内。

そして埃魔法《ほこりまほう》を使う異世界《アリエル》エルフの掃除は、食品工場かくやの勢いで穢《けが》れを駆逐する。

平穏で清潔、今の中田忍邸は、大変暮らしやすい環境なのであった。

と。


「シノブ、教えて欲しいことがあります」

「どうした」

「アリエルは今、パンと雑菌が戦うアニメを見ているのですが」

「ああ」

「どうして雑菌は、パンの工場を直接狙わないのですか?」

物騒な発想。

悪いのは忍の教育か、はたまた愚かな人類か。

中田忍はゆっくりと文庫本を閉じ、しっかりと異世界エルフ《アリエル》の目を見て応じる。

「『紛争当事国は、いかなる場合にも、衛生機関の固定施設及び移動衛生部隊を攻撃してはならず、常にこれを尊重し、且《か》つ、保護しなければならない』。恐らく雑菌は、ジュネーヴ条約第十九条第一項を順守し、パンの工場を侵害せずにいるのだと推察される」

「パンと雑菌は国家に属していて、いずれの国家も条約を批准しているということですか？」

「いや、批准しているのは視聴者側、もっと言えば制作者側だ。そのアニメが幼児教育の範になるものとして名高いことは、徹平《てっぺい》から聞いているだろう」

「はい。星愛姫《ティアラ》もオススメだと言っていました」

「戦争の狂気は、ヒトに冷静な判断を許さない。万一の際に理屈でなく、深層意識レベルの問題として、生産拠点の襲撃を禁ずる思想を国民へ組み込まんとしているのではないか」

「なるほどですね。倫理教育は必ずしも綺麗《きれい》事で片付かないのだと感じます」

「否《いな》めない。苛烈《かれつ》な愛国心の招いた悲劇は、お前がこの夏学んだ通りだ」

「ネットの知識でキョーシュクですが、パンと雑菌の作者の気持ちは、戦争の体験を基に作品を作ったのだということでした。甘いアンパンのお話ですが、少しほろ苦いような気持ちになるのは、そうした作者の気持ちのせいなのかもしれませんね」

「うむ」

真顔で頷《うなず》き合う、人類代表《なかたしのぶ》やべーやつと異世界エルフ《アリエル》。

「……」

実はキッチンでオムライスを作っていた由奈《ゆな》が、高尚《こうしょう》な無駄話に引いていた。

広島から帰還して以降の忍《しのぶ》たち、いや忍を取り巻く仲間たちの生活状況には、小さくない変化が生じていた。

耳島《みみじま》で意識不明に陥り、快復《かいふく》後はどこか大人びた様子が見える異世界エルフ《アリエル》に対し、忍はアリエル単独でのインターネット端末使用を、閲覧のみという条件で解禁した。

アリエルの自我《アイデンテイテイ》が強固に確立し、生半可な危険思想には傾かないと忍が判断したこと、アリエル自身がより広くヒトの文化を学びたいと切望したことが、主な理由となる。

インターネットは最新の情報がいち早く手に入る一方、真偽疑わしい情報が入り乱れる難点も存在するが、『※諸説あります』のひと言を添えればどれだけ適当なトンデモ理論でもある程度市民権を得られてしまうこの現代、必要なのは雑多な知識を取捨選択するセンスと、センスの正しさを磨くための、知識の選別経験そのものであろう。

故《ゆえ》に、清濁織り交ざるインターネットで社会勉強。

それなりに合理的な判断と言えた。

一方、これまでインターネットの代わりにアリエルのソフトな教育係を務めていた御原《みはら》環《たまき》は、誕生日の一件を境に中田《なかた》忍邸へ姿を見せていない。

痴漢騒動のこともあり、忍としても環の様子は気になっていたが、よく考えれば元々縁もゆかりも血縁もない女子高生が週七ペースで独身男性の家に入り浸る状況のほうが世間的に見て異常なので、無理に入り浸らせ直す必要はないと気付いた。

そして環に代わるかのように訪問回数を増やしているのが、一ノ瀬《いちのせ》由奈である。

環の誕生日から二週間あまり、住民票を移したかのようなお馴染《なじ》み感で中田忍邸に入り浸り、時々掃除や洗濯、果ては今日のように夕食まで作り始める始末。

こちらも世間的に見れば常識ある部下の振る舞いとは言えなかったが、何しろ一ノ瀬由奈のやることなので、忍も由奈の思惑《おもわく》を測らんとする一方、どうせ測れないので放っておこうとも考えているのであった。

◇◆◇◆◇◆◇

夕食後。

「……はぁ」

『洗い物くらいはさせて欲しい』と言う忍に後を任せ、由奈はひとり湯船に揺蕩《たゆた》う。

アリエルを介添えする必要はとうになくなっており、独立騒動以降は単なる楽しみで一緒に入浴したりもしていたが、ここ最近は由奈《ゆな》のほうから断りを入れている。

その理由が、アリエルとふたりきりの時間を作りたくない、由奈の内心から生まれる複雑な感情であることぐらいは、一応由奈自身も自覚していた。

ならば忍《しのぶ》の家になど来なければいいし、来るにしても泊まらなければリスクは相当軽減できるはずなのだが、実際はこれまで以上にどっぷりと、忍の家に入り浸っている。

「……」

ぼんやりと天井を眺める由奈の脳裏を、過ぎ去りし夏の記憶が巡る。

耳島《みみじま》の最下層で意識を失い、落ちていくアリエル。

必死に助けようとする忍へ縋《すが》り付き、見殺しにさせようとした由奈自身。

焚火を囲んで忍と過ごした、星明かりの闇夜。

あのとき自分が、何を口走りかけたのか――

「……あほらし」

霞《かすみ》のような呟《つぶや》きが、換気扇に吸い込まれてふわりと消えた、ちょうどそのとき。

ガラララララッ

「へっ……？」

驚く暇もあらばこそ。

「お邪魔します、ユナ」

浴室の扉が開いた先には、一糸纏《まと》わぬアリエルがいた。

耳島から帰還した後の栄養補給により、すっかり元の長さを取り戻した金髪は、無遠慮にその美しさを誇っている。

「ちょっとあんた、何勝手に……」

「まずかったでしょうか」

「……別に、まずくはないけどさ」

「はい」

アリエルは手早く髪と身体《からだ》を流し、湯船へとつま先を差し入れる。

そしてゆっくりと身を沈め、普段のように由奈へ背中で寄り掛かる形ではなく、由奈の真正面に向き合う形で、自らの両膝《ひざ》を抱く。

必然的にふたりの視線が絡み合い、由奈は思わず目を伏せた。

「すみません、ユナ。アリエルはユナに、シロートシツモンしたいことがあったのです」

「今じゃなきゃダメなの？」

「はい。アリエルはシロートなので、センモンのユナに教えて欲しいのです」

「答えになってないんだけど――」

「シノブとユナの働く区役所は、チホウコウムインでないと入れないのですか？」

芯のある柔らかな語調、有無を言わさぬ強引な問い掛け。

いくらか気圧《けお》された由奈《ゆな》は、後ろめたさを隠すかのように、普段通りの調子で応じる。

「……あんた、区役所で働きたいの？」

「いえ。物理的に入るだけです」

「またそんな言い回し覚えて。忍《しのぶ》センパイに怒られても知らないからね」

「タブレットを貰《もら》うとき、『新たな何かに触れる以上、善きにつけ悪《あ》しきにつけ影響はあるものだ』とシノブが言っていました。アリエルの見立てでは、多分ダイジョブの範囲内です」

「あっそ。開庁時間内に入っていいとこ入るだけなら、別に誰《だれ》でも入れるけど」

「アリエルもですか？」

「うん。ただ一応、身分証は持ってったほうがいいかな」

「滞在時間に比して、従量的に利用料金を加算されませんか？」

「サービスタイムのある施設みたいに言わないでくれる？」

「すみません。それでは、区役所とはどういう場所なのでしょうか」

「皆のお金を集めて、一部の人のためになることをする所、かな」

「それは何故《なぜ》でしょう。皆のお金を集めたならば、皆のためになることをする場所となるべきではありませんか？」

「誰かの利益は、別の誰かの不利益と裏表だからね。誰かが笑えば誰かが泣くの」

「それがフクシの本質ですか？」

「どうだろ。少なくともここで何か言い切れるほど、私は自分を過大評価してないつもり」

「……社会の仕組みは、ムズカシーですね」

知った風の小理屈に頷《うなず》き、上唇《くちびる》で鼻の頭を擦り始める異世界エルフ《アリエル》。

かわいい。

そして、不気味なほど今まで通りなアリエルの態度に、ほのかな苛立《いらだ》ちを覚えた由奈は、今まで口に出せなかった疑問を、ほろりと漏《も》らしてしまう。

「ところでさ、アリエル」

「はい」

「環《たまき》ちゃん、最近来てないじゃない。寂しいとか、気になるとかないわけ？」

「はい。タマキはタマキの考えでそうしているのでしょう。アリエルはそれを尊重します」

「……それ、どういう意味？」

「教えられません。アリエルはアリエルの秘密と引き換えに、タマキの秘密を助けるのです」

穏やかな拒絶。

数か月前にこの浴室で、独立したくない想《おも》いを由奈に隠し、嫌わないで欲しいと涙したアリエルとは、まるで別人のようだった。

薄ら寒い予感へ意識を向けず、由奈《ゆな》は努めて冷静に切り返す。

「正直に答えなさい。何を企んでるの？」

「〝企んでる〟とは、なんでしょう」

「……誰《だれ》かに不利益を与えるような、悪い計画を立てること、かな」

「では、アリエルは企んでいません。アリエルはとても大切で、必要なことをしています」

「だったら秘密にする必要ないでしょ。環《たまき》ちゃんを巻き込む必要もないじゃない」

「アリエルは異世界エルフなので、タマキの作者の気持ちはよく分かりませんし、タマキにもアリエルの考えの全部は教えていません。今のアリエルとタマキは、秘密という対価で持ちつ持たれつという関係なのです」

「……」

「アリエルとタマキはお互いに対価を与え合い、お互いの秘密を助けると決めました。ユナに秘密を作るのはニガテですが、アリエルの秘密はもはやアリエルだけの秘密ではないとも言えます。たとえユナに対してでも、アリエルの秘密を明かすべきとは考えられません」

由奈は思わず眉根《まゆね》を寄せ、向き合ったアリエルの瞳《ひとみ》を覗《のぞ》き込む。

仕方あるまい。

どこか達観した言動、落ち着き払った態度、内心を悟らせない所作。

耳島《みみじま》以前のアリエルとは、本質的な何かが変わっている。

否《いな》。

変わり続けているのだと、由奈は感じている。

「……あんた、それって――」

戸惑いを押し隠すように声を震わせた由奈が、アリエルに何を言おうとしたのか。

由奈自身にも分からないその言葉は、果たして紡がれることはなかった。

仕方あるまい。

由奈に先んじて紡がれた、異世界エルフ《アリエル》の静かな呟《つぶや》き。

「アリエルはユナを信頼しています。秘密のことは誰にも教えませんが、道理に沿った約束を結べるなら、例外を設ける余地があることも、アリエルは知っています」

「もしユナが、この先を知りたいと思うなら」

「ユナもアリエルに、秘密を支払《たいか》いますか？」

一ノ瀬《いちのせ》由奈の瞳が、異世界エルフの瞳を覗いている。

異世界エルフの瞳が、一ノ瀬由奈の瞳を覗いている。

これまでよりも、ずっと、もっと、きっと。

その、奥底まで――


「――ッ!!」

由奈《ゆな》が無様《ぶざま》に怯《おび》えかけた、その刹那《せつな》。


ザバーッ。


「アリエルの用事は終わりました。必要があれば、また今度お声掛けくださいませ、ユナ」

立ち上がったアリエルは、埃魔法《ほこりまほう》で体表の水分をバシッと落とし、浴室から立ち去った。

「へっ……？」

浴室の扉一枚を隔てた先から、衣擦《きぬず》れの音が聞こえ、やがて遠ざかっていく。

後に残されたのは、動揺に身を震わせ己の身を掻《か》き抱く、一ノ瀬《いちのせ》由奈ただひとり。

「……」

けれど由奈は、そのまま動けなかった。

◇◆◇◆◇◆◇

翌日、九月十七日月曜日、午前七時二十九分。

　ッカチャカチャカチャッ　ターーンッ
　ッカチャカチャカチャッ　ターーンッ
まだ出勤している課員もまばらな行政事務室に、得意げな打鍵音が鳴り響く。

音の主は、区役所福祉生活課支援第一係員、堀内茜《ほりうちあかね》。

独り言こそ口にしないが、満足そうな笑《え》みを浮かべつつ、ディスプレイに見入っている。

そこへ新たに出勤してきた支援第一係員、初見小夜子《はつみさよこ》が、怪訝《けげん》な表情で茜の背後に立った。

「……茜ちん、朝から何やってんの？」

「へっ……あっ、おはようございます、初見さん」

「はいはいおはよ。詰まってる作業あったなら手伝ったのに。どしたん？」

「えっと、詰まってると言いますか……いえ、せっかくなので、見ていただけますか？」

「よし来た」

茜が席を立ち、代わりに座った小夜子がディスプレイを睨《にら》んで、マウスを転がし始める。

画面に表示されているのは、簡易なマクロで構成された、文字列データの変換書式。

素人《しろうと》造りらしく見栄《みば》えは残念だが、既定の書式データをペーストして再計算し、別様式に出力することで、リスト形式に落とし易《やす》くする工夫が為《な》されていた。

「市販のフリーソフトや公開テンプレートを使えば、もっと見栄え良くできるんでしょうけど、Pデータ端末《個人情報取扱用パソコン》って外部データ取り込み禁止じゃないですか。だからPデータ端末内の機能だけを使って、公用統計ソフトに載《の》ってこない、現場用の保護受給者《ケース》データ管理を効率化できるんじゃないかなって、独学でちょっとずつマクロを組んでたんですが――」

「声を落としな茜ちん。それ以上この空間で『私パソコン分かります』顔《ヅラ》するんじゃねぇ」

小夜子は神妙な面《お》持《もも》ちで茜の両肩を掴《つか》み、椅子《いす》に座る自分と同じ目線に引き下ろした。

幸いなことに、他の課員がふたりを見咎《とが》めた様子はない。

とはいえ茜としては、密《ひそ》かに準備していた業務改善案を、信頼できる先輩にお見せしただけでこんな状況になってしまったため、若干反発を覚えつつ困惑してしまう。

「あの……初見さん、私また何かやっちゃったんでしょうか」

「その通りだよバカネチン。得意げな顔して『マクロを組んでたんですが』じゃないんだよ。そんなこと支援第一係《シイチ》の外で口にしたらアンタ、今日からパソコンの大先生だよ、大先生」

「そ、それって悪いことなんでしょうか……？」

「……順番に確認するけど、まず区役所にはパソコン分かんない職員、驚くほど多いよね？」

「はい」

「見栄えが気に食わないだのなんだのって、ネットで仕入れた半端な知識で表計算ソフトのシート保護解除して勝手にマクロ書き換えて、挙句の果てにセル結合しまくってバックアップも作らず上書きするやべーのが若いヤツの中にすらいっぱいいるのも知ってるよね？」

「……ま、まあ、はい」

「そんなバケモノどもの中へ用事押し付けても反発少なそうな、若手の女子正規職員かつパソコンの大先生がいますよみたいな噂《うわさ》が流れてみー。福祉生活課どころか区役所のあらゆる有象《うぞう》無象《むぞう》が茜《あかね》ちんの内線をサポートセンターか何かと勘違いして電話鳴らしまくるからね」

「……」

「各部署の業態に特化したマクロ新しく組まされるし、来庁者がちょっとパソコンじみた質問してきたら『担当の者を呼んで参ります（笑）』みたいな冗談感ゼロの冗談でコキ使われて自分の業務はズタボロ。その段階まで来て断り入れようもんなら逆にハァ？　みたいな顔されるし、作ったマクロが使い手の思い通りに動かないみたいな苦情やら『自分だけ楽して卑怯《ひきょう》だと思わないのか』みたいな謎《なぞ》指導が入ったりして憤怒屈辱通り越して虚無よ虚無」

「……初見《はつみ》さん、何か嫌《いや》なことあったんですか？」

「知らねぇー。私パソコンの大先生じゃねぇーから」

信念強めで周りと足並みを揃《そろ》えるのが苦手な堀内《ほりうち》茜だが、彼女もひとかどの社会人である。

初見小夜子《さよこ》が聞かせてくれた言葉の裏を、読み取れないわけではなかった。

「まぁ、他人の目を避けつつコッソリやるのが一番賢いんよ。皆もそうしてたみたいだから」

「そうなんですか？」

「うん。支援第一係《シイチ》しか知らない茜ちゃんにはピンと来ないだろうし、不便でしょうがないかもだけど、とりあえずは〝Ｎａｋａｔａマクロ〟で我慢しときな」

「〝Ｎａｋａｔａマクロ〟……？」

「ナカチョウ《中田係長》が作ったＰデータ端末用《個人情報取扱用パソコン》マクロ。ナカチョウに直接頼めばくれるはず」

「え、中田《なかた》係長こういうの詳しいんですか？」

「ぜーんぜん、まるっきり、これっぽっちも詳しくなかったよ。だけど、支援第一係《じぶんのトコ》の使ってるマクロが他所《よそ》の課の若手職員の自己犠牲《もちだし》で作られてるって知って、勉強始めたの」

「……」

「別部署で使い潰《つぶ》されてた私にわざわざ詫《わ》び入れに来てさ、時間ない中資料かき集めてちょっとずつ組み上げてさ、お手伝いしたから共著でいいって言ったのに、ファイルにはナカチョウの連絡先だけ添えて、誰《だれ》にでも使わせてやるけど、文句があるなら俺に言え、ってさ」

繰り返すようだが、堀内茜はひとかどの社会人女性である。

初見小夜子が聞かせてくれた言葉の裏を、読み取れないわけではなかった。

たとえ小夜子自身に、読み取らせるつもりがなかったとしても。

「性格はアレだけど、ほんと凄《すご》いんだよね、ナカチョウって」

照れ臭そうに微笑《ほほえ》む初見小夜子《はつみさよこ》に、ただ柔らかな笑《え》みを返す、堀内茜《ほりうちあかね》であった。

◇◆◇◆◇◆◇

同時刻。

「菱沼《ひしぬま》さん、そろそろ入室させては貰《もら》えませんか」

「あー、うーん……もうちょっと待って。またなんか話し始めたみたいだから」

行政事務室外の通路には、仏頂面《ぶっちょうづら》の中田忍《なかたしのぶ》と、絶好調の菱沼真理がいた。

「分かりかねます。初見君と堀内君の雑談は、私の出勤を遅らせる理由になるのですか」

「あら中田係長、私との立ち話はそんなにお嫌《いや》？」

「……」

福祉生活課一番の古株、若手の頃《ころ》から中田忍をよく知るお局《つぼね》、菱沼真理《まり》。

元より忍ごときが、太刀打ちできるはずもない。

真理は満足げに頷《うなず》いて、薄い笑みを浮かべたまま忍へ視線を送る。

「ね、中田君」

「はい」

「ちゃんと、向き合ってあげてね」

「菱沼さんの眼鏡《めがね》に適《かな》っているかは分かりませんが、力を尽くしているつもりです」

「そういう堅苦しい意味じゃなくてさ。ただちゃんと、見ていてあげて欲しいの」

「見る、とは」

「きっとこの先、色んなことが変わっていくと思う。中田君が望もうと望むまいと、今までのままではいられないこともあると思う。そのときに中田君は、目を逸《そ》らさないでいて欲しい。ちゃんと向き合って、自分が納得できる最善の答えを探し続けて欲しい」

「それは初見君や堀内君の雑談と、何か関係のある話なのでしょうか」

「ううん。どっちかって言うと、私は由奈《ゆな》ちゃん推しかな」

「一ノ瀬《いちのせ》君は既《すで》にひとかどの職員です。私から手出し口出しの必要はないでしょう」

「必要がなくても意味はあるよ。自分で自分を客観的に、それも適切に評価できる人間なんて、本当はいやしないんだからさ」

「……貴女《あなた》が俺へそうしたように、今度は俺が皆を見守れと?」

「……ぜんっぜん違うよ、見当外れ。やっぱり中田君は中田君ねぇ」

真理はそっと髪を掻《か》き上げ、心底可笑《おか》しそうに笑った。

当然だろう。

彼女は菱沼真理《おつぼね》。

そう在《あ》ることを自ら望んだ、福祉生活課のお局《つぼね》なのだから。

◇　◆　◇　◆　◇　◆　◇

普段通り朝礼が終わり、外回りの予定があるケースワーカーたちはそれぞれに準備を整え、来庁面談の予定がある者や内勤《デスク》の者たちも、それぞれに自分の業務へ取り掛かる。

朝はじゃれ合っていた小夜子《さよこ》と茜《あかね》も、それぞれの面談予定のため庁舎を飛び出していった。

そんな中、普段とは明らかに違う動きを見せる職員がひとり。

「中田《なかた》係長、第三四半期用の連携委託事業分掌リスト、まとまったのでご確認ください」

「……ああ、ありがとう一ノ瀬《いちのせ》君」

「いえ。詳細の説明も必要ですか？」

「大丈夫だ、それよりも――」

「入国管理局《にゆうかん》さんとのミーティング資料も昼までに上げますので、お目通しお願いします」

「いや、それは俺が――」

「ご不要でしたか？」

「……午前中に仕上げようと考えていたんだが」

「でしたら、議事の取りまとめのほうに集中してください」

「君の業務を止めてまで頼みたい仕事ではない。保護受給者《ケース》対応を優先してくれ。君の業務管理能力を疑うわけではないが、ここ最近ずっと俺の世話ばかり焼いているだろう」

「先々週の、北村《きたむら》さんの件に関するリカバリー検討会で、係の方針が『各人が常に係全体の業務へ目を向け、カバーリングが必要な部分に気付いたら全体で認識を共有し対応することで、問題そのものを生じさせにくい環境を構築する』と定まった認識なのですが」

「そうだったな」

「でしたら、この係で一番カバーリングが必要なのは、負担が抜群に大きい、係にひとりの中田係長です。私の業務は私なりに整頓《せいとん》していますので、ご心配には及びません」

「しかし――」

「それとも私、お邪魔になっていますか？」

「……非常に助かっている」

「お喜びいただけて何よりです。引き続き、頑張らせていただきますね」

「あまり無理はしないでくれ。君は俺を係にひとりと言ったが、君とて唯一の一ノ瀬由奈《ゆな》だろう。区役所という組織にとっても、担当保護受給者《ケース》にとってもな」

「ありがとうございます。承知いたしました」

にこやかに一礼し、自らのデスクへ戻る支援第一係員、一ノ瀬由奈《いちのせゆな》。

すぐさまキーボードを叩《たた》き始めた様子を見るに、忍《しのぶ》の忠告に従うつもりはないらしい。

そのまま業務へ戻ることもできず、忍は暫《しば》し黙考する。

予測不可能に定評がある一ノ瀬由奈とはいえ、最近の由奈はどう考えても普通ではない。

度を越えて中田《なかた》忍邸に入り浸っている件は、夏バテ気味で食事の用意が面倒だとか、自宅のエアコンの効きが悪くて不快だとか、実に由奈らしい理由で片付けられたとしても。

業務中は従順な若手を装い、仕事を手伝うにもわざわざ時間外の残業を狙うなど、これまで由奈が頑《かたく》なに守ってきた〝やむを得ずナカチョウのお世話係をする、気の毒な優等生〟の姿勢を放棄し、逆に不自然なまでのべったりとした距離感で、忍の業務を助けているのだ。

「……」

いくら知恵を回転させようと、中田忍には分からない。

一ノ瀬由奈の変化とその原因、そしてそれが何を意味するのか。

「お悩みかね、中田君」

「む」

顔を上げると、いつの間にか忍の傍《かたわ》らに、うっすら笑《え》みを浮かべた課長が立っていた。

「何か御用でしょうか」

「いいや。皆が良く働いてくれるお陰で、私には立つか座るかくらいの用事しかないよ」

福祉生活課全体の責任者である課長は、基本的に庁舎内で仕事をしている。

そうなれば、先程までの忍と由奈……と言うより、ここ最近の由奈の様子をしっかりと観察し続け、その上で忍に声を掛けていると見て良いだろう。

そんな猜疑心《さいぎ》を押し隠し、忍は普段通りの仏頂面《ぶっちょうづら》で、課長の次の言葉を待つ。

「係員を案じ、己の責務を全《まっと》うしたい君の心情も理解できるが、少しは甘えてもいいんじゃないかな。私も分かっていたつもりだったが、君の業務が激務の一言で片付くほど単純なものではないと、この夏思い知らされたばかりだしね」

「善処します」

「ああ」

想像よりもつまらない話題を振られ、僅《わず》かに緊張を緩める忍。

福祉生活課長は己の余計な一言により、忍と由奈へ同時に夏季休暇を取得させてしまったため、一週間忍と由奈抜きで福祉生活課支援第一係の業務をフォローする羽目に陥っていた。

表向き、業務は滞りなく片付いていたが、その裏には職責を果たすべく尽くした福祉生活課長の誠実な努力があったことを、福祉生活課長の名誉のためここで明らかにしておく。

もっとも忍のほうも、その件にはそれほど興味を持っていなかったのだが。

「ところで中田君。去年の冬、君の娘を名乗る子が来たときのことを覚えているかね」

「無論です」

父母の仲を取り持たんとした若月星愛姫《わかつきティアラ》が〝ぱぱ〟の忍《しのぶ》を訪ね、区役所に来た話である。

大事《おおごと》にならないよう配慮した課長に対し、忍は『女児を警察に突き出す』という道義的かつ適切な解決手段を採ったため、課長が馬鹿《ばか》みたいになってしまった可哀想《かわいそう》な事案であった。

「私も同じ轍《てつ》を踏みたくはない。今回こそはときっちり対応したよ。来庁の目的と身分の確認、職員に取り次ぎ引き合わせることの妥当性を考慮した上で、君に声を掛けると決めた」

「ふむ」

仏頂面《ぶっちょうづら》を怪訝《けげん》に歪《ゆが》めつつ、忍は課長の言葉を待ちながら、知恵の歯車を回転させる。

妥当であろう。

ろくでもないことを聞かされるのだという予令は、既《すで》にしっかりと伝わった。

あとはただ、それを確かめ、受け入れるのみ。

「河合《かわい》アリエルさんと名乗る女性が、中田君《なかた》を訪ねてきている。さあ、どうしようか」

◇◆◇◆◇◆◇

十数分後、行政事務室奥にある、比較的小さな会議室。

「どうぞ」

「ありがとうございます、ユナ!!」

由奈《ゆな》からキンキンに冷えた緑茶を差し出されたアリエルは、満面の笑《え》みを浮かべている。

かわいい。

しかしその笑みも、由奈に微笑《ほほえ》みを返された刹那《せつな》、無惨なまでに凍りつく。

「河合さん、もう私の名前覚えちゃったんですね。さ、さっき初めましてしたばかりなのに」

「お……あ……アリエルは、物覚えが、いい」

「そうみたいですね。羨《うらや》ましいです」

「ヒッ……」

おすまし顔が上手になった異世界エルフも、このときばかりは由奈を畏怖《いふ》。

無言の圧力が伝え切れたと見て、由奈はにこやかに会議室から立ち去った。

異世界《アリエル》エルフの両耳は、どこかコミカルにしなびている。

微笑ましい光景と言えなくもなかったが、正面に座る中田忍はそれどころではなかった。


職員関係者ではあるものの、所詮《しょせん》は一般人に括られるアリエルのために会議室が貸し出されたのは、何も中田忍に対する忖度《そんたく》という訳ではない。

〝あの〟中田忍の同居人をひと目見ようと、他課の職員や一部の保護受給者《ケース》までもが集まって来たため、福祉生活課長が独断で許可を下し、忍《しのぶ》とアリエルを会議室に押し込んだのだ。

いつぞやの星愛姫《ティアラ》の件とは事情が違うので、忍もこの処置を甘んじて受け入れている。

と言うか、気を遣って席まで外してくれた課長に、忍はもう少し感謝しても良いのだった。


「端的に訊《き》く。何故《なぜ》来た」

「さっきの……カチョウという偉い感じの人が、福祉生活課まで案内してくれました。シノブはイソガシー感じだったので、声を掛けるタイミングを測っていたら、このありさまです」

「手段の話ではなく、ここに来た動機の話をしている」

「おや」

今まで使ったこともないような相槌《あいづち》。

かわいい。

「簡単なことです、シノブ。アリエルはもっともっと、シノブたちと一緒にいたいのです。生きているシノブやユナの姿を、間近で見つめていたいのです」

「ふむ」

「区役所への滞在については、『開庁時間内に入っていいとこ入るだけなら、別に誰《だれ》でも入れる』と聞いています。そして今日のパートはお休みです」

「そう言えば少し前、電車の乗り方を訊かれたな。あれは今日の下準備か」

「はい。でも、電車は少し緊張するので、歩いてきました」

中田《なかた》忍邸から区役所までの距離は、道のりにして10キロもない。

親しい者の位置を感知する埃魔法《ほこりまほう》の存在と、アリエル自身の健脚を考えれば、歩きで来ようとする考え方自体は合理的と言えなくもない。

だが忍の胸中には、どうにも拭《ぬぐ》えない違和感が渦巻く。

「耳島《みみじま》から戻って以降、お前の様子が大きく変わったように感じている。こうまでして急に俺たちの傍にいようとし始めたのは、その変化の一環だと捉《とら》えて良いのか」

「急ではないですし、島のことも関係ありません。戸籍をゲットだぜ！　する前から、言葉が通じ始めた頃《ころ》から……いえ。シノブが初めてお仕事に出掛けたときから、ずっとずっと付いて行きたかったのが、このアリエルです」

「では、何故今になってそうした」

「そういう意味では、島での経験もひとつの理由です。他にも、インターネットでの勉強などがあって、何か困ったことが起きても、アリエルだけで心配ないさー、と思えるようになったのです。シノブやユナがお仕事に集中しているときも、アリエルは大人しく待っていられるようになりました。これなら、アリエルもシノブもユナも、心配ないさーになります」

「……」

――聞くに、一応の筋は通っている、か。

忍《しのぶ》は考えを口にすることなく、熟慮の姿勢へと移る。

大人しく待てると宣言したばかりの異世界エルフ《アリエル》は、静かに忍の結論を待っていた。

◇◆◇◆◇◆◇

そんなこんなで、午前十一時三十八分。

「初見《はつみ》、もどり、まし、たぁ～っ……茜《あかね》ちん茜ちん、どこどこどこ？」

「初見さん、あんまり大騒ぎしたらダメですよ……戸籍の待合の奥のベンチです」

「そんなこと言ってぇ、茜ちんだって戻って来てんじゃん……うぉぉ……マジだ可愛《かわい》い……」

公務所内の噂《うわさ》は、光の速さで伝播《でんぱ》する。

これは外回りに出ているケースワーカーたちのネットワークにおいても例外ではなく、突如公務所を訪れた訪問者の情報を掴《つか》んだ物見高いケースワーカーたちは、自身の業務を急遽《きゅうきょ》整理し、昼休憩にかこつけて続々と課室へ戻ってきていた。


そんなわけで、戸籍謄本や住民票等の写しを交付する窓口の奥のベンチでは、見目麗しい耳長の金髪美女、河合《かわい》アリエルが、ニコニコしながら職員たちの働きぶりを見守っている。

少し離れた視線の先には、福祉生活課支援第一係のデスクがあり、その一番奥には仏頂面《ぶっちょうづら》

の機械生命体的冷徹上司、中田忍《なかたしのぶ》支援第一係長が睨《にら》みを利かす。

表面上だけはいつも通り、平穏な区役所の一風景なのであった。


「……河合《かわい》さん、お帰しにならないんですか？」

忍のデスクへ淹《い》れたてのコーヒーを差し出しながら、心配を装った口調で語り掛ける由奈《ゆな》。

態度こそ完璧《かんぺき》なよそ行きを保っていたが、普段の由奈は朝以外忍にコーヒーなど淹れないし、差し出されたコーヒーも一瞬温かいコーヒーゼリーなのかと勘違いしてしまいそうになるほどの粘度で、とにかくものすごく〝濃い〟。

よそ行きの仮面を被《かぶ》り通し、忍やアリエルとの真の関係を隠し通したまま、どうにかアリエルを帰させたいのであろう由奈の意向が、忍にもよくよく伝わっていた。

しかし。

「周囲に迷惑を掛けず、施設の規則を守れるなら、飽きるまでいればいいと伝えた」

この男、中田忍である。

本気で考え、必要だと断じた結論は、たとえ由奈が相手だろうと決して覆したりはしない。

「アリエル本人から聞き取った結果、この来訪はアリエル自身の固い意志に拠《よ》るのだという。本人が考え抜いた結論としての来訪なら、俺が敢《あ》えて止める必要は感じない。そうでなくとも『国民が応接窓口の外へ適法に滞在するだけの話に、いちいち区役所職員の許可など要らないだろう』と言われてしまえば、そもそも止める術《すべ》がない」

「河合さん、そんな言い方されたんですか？」

「いや。可能性を論じたまでだが」

「でしたら、お帰し差し上げたほうがよろしいのでは？」

「ふむ」

「応接窓口の待合席は誰《だれ》でも利用できますが、ベンチは本当に用がある方のために設置されたものです。出入り自由の区画とはいえ、無為に長時間滞在することを、区役所職員が消極的に認めてしまう前例を作るのは、如何《いかが》なものかと考えます」

「俺好みの理屈だが、アリエルはそれなりの現金も持ち合わせている。ならば次に実現可能な手は『閉庁時間まで散発的に、自分の住民票の写しを申請して発行させ続ける』だ。担当者を無為に疲弊させるより、飽きるまで座らせておくほうが余程《よほど》穏当だと言えないか」

「中田係長らしくありませんね」

「必要な教育に資すると判断したまでだ」

忍の口調は普段通りだが、その内心には由奈への明確な疑問符が浮いている。

ここで忍が由奈の意を汲《く》み、アリエルを帰宅させれば事は済むだろう。

しかし忍としても、留め置く決意を固めた以上、確たる論拠もなしに考えを曲げたくない。

ましてや由奈の挙げる論理が忍を論破し切れていない以上、そもそも曲げる必要がない。

言い換えればこれまでの由奈《ゆな》は、忍《しのぶ》の意志を捻《ね》じ曲げる際、論理にしろ言外の圧力にしろ、なんらかの形で中田《なかた》忍を納得させられる何かを示していたし、それが不可能な場合、あるいはそうすべきでない場合は、余分な口出しをせず、忍の意志を尊重していたのだ。

——どういうつもりだ、一ノ瀬《いちのせ》君。

異世界エルフ《アリエル》の迂闊《うかつ》な言動で関係性が露呈する危惧《きぐ》なら、先程釘刺しが済んでいるはずだし、現にアリエルも大人しく座っているだけで、由奈にはなんの迷惑も与えていない。

逆に、由奈の普段と異なる行動が余分な疑念を招きかねない状況は、忍にすら自明である。

事実真理《おつぼね》などは訳知り顔でニヤついているし、茜《あかね》などは由奈の異状を敏感に察知し、好奇心で戻ってきてしまった自分に後悔を抱き始めている様子である。

続々と戻って来る外回りのケースワーカーや別の係員、果ては通りすがりの他課の職員までもが忍とその周囲へ興味を向けており、迂闊な言動は許されない。

唯一初見小夜子《はつみさよこ》だけはどこか死んだ目でパソコンに向かっており、何を考えているのかいまいち分からないが、アリエル来訪との関連性は不明なので、一旦《いったん》横に置くとする。

「皆に特別扱いを求めるわけではないし、問題があれば俺の責任において対応する。気にするな、と言っても難しいのだろうが、構わず業務を進めてくれ」

「難しいとお考えなら、尚更《なおさら》早期に問題の芽を摘《つ》んでいただきたいと考えます。他課他係から公私混同の誹《そし》りを受ける前に、適切な対処を行うべきではありませんか」

「くどいな。アリエルは俺の身内だが、その前に来庁者だ。適法に滞在する来庁者に対し、俺が職権を以《もっ》て働きかけ排除することこそ、公私混同の誹りを受ける行為ではないか」

「……っ」

もはや異状は、明らかであった。

一ノ瀬由奈が、怒りに震えている。

皆の前で。

他の誰《だれ》でもない、中田忍に対して。

「……細かいことはもういいんで。今すぐ河合《かわい》さんを家に帰してください」

「応じられない。アリエルが規律の範囲内で、自身の意志に基づいて決めた行動を、俺が阻《はば》む権利はない。従って、俺からアリエルに帰宅を促すつもりは一切ない」

「だからっ……‼」

「それを望むなら、そうすべき理由を教えてくれ。俺たちを納得させられるだけの理由をな」

中田忍が、あまりにも中田忍らしい結論を述べた瞬間。

「なんでアリエルより私を優先してくれないんですかっ!!!!!!!!!!」


空気が、凍った。

真理《まり》や茜《あかね》は、言うに及ばす。

他の職員や目の死んでいた小夜子《さよこ》、窓口越しに騒ぎを見ていたアリエルすら身を震わせる。


それほどまでに、由奈《ゆな》は。


「ユナ……」

「……一ノ瀬《いちのせ》君」

窓口越しの異世界《アリエル》エルフと、仏頂面《ぶっちょうづら》を驚愕《きょうがく》に歪《ゆが》めた中田忍《なかたしのぶ》。

そして大声に驚く周りの職員と、大勢の区民の視線を受け、由奈がようやく我に返る。

「……え……あれ……わた、し……」

キーン　コーン　カーン　コーン

午後〇時。

由奈の言葉を遮《さえぎ》るように、昼休みを告げるチャイムが鳴り響く。

その瞬間、誰《だれ》よりも早く我に返り、真っ先に動いたのは、菱沼《おっぽね》真理であった。

「えーと！　えっとねえ!!　アリエルさん!!　お昼ご飯はどうするのかな!?」

「ホァ」

「お昼ご飯よお昼ご飯!!　美味《おい》しいお店とか知ってるかなぁ!?」

「お、あ、アリエルは、お弁当を持ってきています。お弁当を食べるつもりでいましたが」

「ざーんねんねぇ待合席は飲食禁止なのよぉ!!　どこか外で食べなくちゃね、由奈ちゃん!!」

「……」

「由奈ちゃんっ!!」

「……あ……えと……私……」

「せっかくだから、アリエルさんを公園まで案内してあげて。お昼食べるんだって言うから」

「あぇ……え……?」

「いいから行く！　理解しなくていいから行く!!　すぐ行く!!　もう行く!!　早く行くっ!!」

「あ……はい」

返事を待ってすら貰《もら》えずに、強引に行政事務室を追い出される由奈《ゆな》と異世界《アリ》エルフ《エル》。

その背を追って踏み出そうとする中田忍《なかたしのぶ》の首根っこを、菱沼真理《おっぽね》が慌てて掴《つか》んだ。

◇◆◇◆◇◆◇

区役所からほど近い、大きな都市公園。

イメージ的には敷地内にあるスタジアムがメインで、周囲の緑地はその付帯設備に過ぎないようにも感じられるが、由奈と異世界《アリ》エルフ《エル》が利用しているのは正にその緑地なので、ふたりの現在地は公園と言い切って差し支えないだろう。

未《いま》だじりじりと肌を焼く残暑の日差しのためか、公園内にはあまり人気《ひとけ》がない。

他に行き場のない由奈とアリエルはふたり並んで木陰のベンチに腰掛け、慎ましやかにサンドイッチを口にしていた。

アリエルが冷蔵庫の卵やきゅうり、トマトやレタスなどを使い、義光《よしみつ》のレシピを参考に作った、普通以上に美味《おい》しそうなサンドイッチ。

加えて、異世界エルフお得意の埃魔法《ほこりまほう》により、温度管理と衛生管理も完璧《かんぺき》であった。

「……では、生活保護を上手《うま》く使えば、一切働かずとも生きてゆけるのですか？」

「実質そうなっちゃってるけど、そのための制度じゃないからね。税金を払ってる人たちが納得できるよう、本当に必要で生活保護を受給している人たちへ保護が行き渡るように、少しでも状況を良くしようって頑張るのが、私たちの仕事のひとつなの」

「自分の力で、なんとかさせませんか?」

「そうできるよう手助けはするけど、保護を受給してるほとんどの人は、そうできないから生活保護に頼ってる訳でしょ。現実問題、なかなか上手くは行ってないかな」

「ホォー」

由奈はサンドイッチを頬張《ほおば》るアリエルへ、仕事の話を無駄に詳しく聞かせている。

なんのことはない。

一緒に追い出されたものの、何を話すにも気まずくて仕方ないので、当たり障りのないことを話してお茶を濁しているのだ。

誤魔化しと知ってか知らずか、アリエルは由奈の言葉に長い耳を傾け、神妙に口を開く。

「アリエルは地球《このせかい》を地獄に近い何かだと言いましたが、やっぱり天国なのかもしれません」

「どうして?」

「アリエルのいた世界では、狩れない生き物は死ぬのが当然でした。狩れない生き物を生かしていることも、狩れる生き物がそれを許すことも、アリエルからすると驚くばかりです」

「……そう」

聖女のような面構《つらがま》えで、平然と情のない感想を漏《も》らす異世界エルフ《アリエル》。

〝正義〟や〝誠実〟が中田忍《なかたしのぶ》を十全に語り得ないように、このアリエルもまた〝博愛〟やら〝柔和〟とはかけ離れた存在なのかもしれなかった。

「もっとも、シノブやユナのような役割のヒトにとっては、変わらず地獄なのかもしれません。シノブはキビシーフクシを続けたからこそ、シノブっぽい顔になったのでしょう」

「仏頂面《ぶっちょうづら》は昔っからだよ。少なくとも、私が初めて会ったときからは」

「ユナは、昔のシノブを知っていますか?」

「ちょっとだけね」

「フムー」

サンドイッチを咥《くわ》えながら、眉根《まゆね》にしわを寄せて考え込む異世界エルフ《アリエル》。

そんなアリエルの様子を目にして、由奈《ゆな》は深い溜息《ためいき》を吐《つ》いた。

「これもあんたの企み?」

「〝企み〟とは、どういう意味でしょう」

「〝企んでる〟と一緒。誰《だれ》かに不利益を与えるような、悪い計画の一部かって聞いてんの」

「それなら、企みではありません。アリエルは悪い計画を立てていません」

「私は思いっきり不利益被ってるんだけど、その辺どうなの?」

「ユナがシノブに、やきもきしていたときの話ですか?」

「……そう、それ」

「カマワンヨしてください。アリエルは、ユナのためにもなることをしています」

「……」

詰め寄りたい感情をぐっと押し留《とど》め、由奈はどうにか冷静さを保つ。

「あの島から戻ってきて以降、あんたの様子がおかしいのは知ってる。色々考えることもあったんでしょうよ。だけどそれを差し引いても、していいことと悪いことってあるでしょう。あんたのやろうとしてることは、私をあんな怒らせ方してまで、しなきゃいけないことなの？」

「そうですね。ユナが大声を出したのにはビックリしましたが、少なくとも、アリエルの考えを止める理由になるとは考えていません」

「なんでよ」

「ユナがだいすきな相手にイジワルを言うのは、いつものことだからです」

絶句する由奈。

しかしアリエルは、微塵《みじん》の悪気もなくニコニコしているばかりだ。

「アリエルにも分かってきました。ユナは相手をだいすきなほど、ひどいイジワルをするのです。特に最近のユナは、アリエルにけっこうイジワルです。もちろんシノブには、もっとイジワル。とっても、ユナっぽいことですね」

「ちっ――」

「違うのですか？」

「ぐっ……」

アリエルの言葉を、由奈《ゆな》は安易に否定できない。

当然だろう。

ここでアリエルを否定すれば、アリエルを追い返そうとした由奈の一連の言動は『ただのひどい悪口』になり、アリエルを傷付けるだろう。

逆に肯定してしまえば、由奈が自分を『好意を隠すために意地の悪い態度を取る、小学生みたいなメンタリティを持つクソ女』であると認めることになってしまう。

どちらも嫌《いや》だったが、特に後者をどうしても避けたい、一ノ瀬《いちのせ》由奈二十七歳であった。

その意を知ってか知らずか、アリエルはさらなる追い討ちを放つ。

「ユナのような女性のことを、ヒトは〝ツンデレ〟と呼ぶらしいですよ」

「呼ぶわけないでしょ。っていうかどこで覚えたの、そんな言葉」

「インターネットです。アリエルはネットで真実を知りました」

ろくでもない話を大真面目《まじめ》で口にする、異世界エルフ《アリエル》であった。

「その安っぽい真実、あんまり他人の前で話さないほうがいいんじゃない？」

「では、ユナにだけ聞かせます。ユナが分かってくれたら、アリエルはそれで充分なので」

「あんまり聞きたくないんだけど」

「そうかもしれません。でも聞かせます」

「……あんた、忍《しのぶ》センパイよりタチ悪くない？」

「仕方ありません。アリエルは、タイムイズモーネーなのです」

「はあ……？」

いかに一ノ瀬由奈が優秀な才媛《さいえん》といえど、今はひどい混乱の最中《さなか》にあり、異世界エルフ《アリエル》の言動は全体的に不穏である。

やっぱりインターネットは教育に悪いんだなぁ、程度の感想しか、今は抱けなかった。

そんな由奈に構うことなく、アリエルは静謐《せいひつ》な泉のような表情で、滔々《とうとう》と言葉を紡ぐ。

「ユナがアリエルのしたことで不利益を被ったのなら、アリエルはそれを対価として、少しだけアリエルの秘密をお話しします。アリエルは、あの島で体験したことをきっかけにして、とても大切な〝大好き〟のために、アリエルの時間を使おうと決めたのです」

「……はあ」

「前にアリエルは、シノブがユナを〝だいすき〟で、ユナはシノブを〝だいすき〟だと言いました。でも、よくよく考えて、よくよく調べると、それは間違いだと分かったのです」

「それネット関係ないじゃない。私が否定した通りでしょ」

「半分はユナの言う通りでしたが、もう半分はちょっと違います。シノブはユナを〝だいすき〟で、ユナはシノブを〝大好き〟だったのです」

「何が違うの、それ」

「アリエルは理解したのです。ヒトの世界には、アリエルの今まで思っていた〝だいすき〟とは性質の違う、もっと特別な〝大好き〟が存在することを。そして、ユナがシノブに向ける作者の気持ちは、特別なほうの〝大好き〟だったということを」

「……」

無意識に、由奈《ゆな》の拳《こぶし》へ力が籠《こ》もる。

心の奥底から湧《わ》き上がる、焦りと怒り。

皮肉な話だが、ギリギリで自制が利いたのは、先程醜態を曝《さら》していたが故《ゆえ》。

感情のままにアリエルを怒鳴りつけることだけは、なんとか堪《こら》えた。

「……あのさ、アリエル。私もさっきの騒ぎで、ちょっと興奮しちゃったみたいだから、今はあんまり冷静に話せないかもしれないの。その話は、また今度聞かせてくれない?」

「いえ。この話は、今しなくてはなりません」

「そんなトコまで忍《しのぶ》センパイの真似《まね》しなくていいから。相手の都合を考えなさい」

「ユナのことを考えるからこそ、今話さなくてはいけません。アリエルはユナに、ユナ自身の〝大好き〟を、ちゃんと知って貰《もら》いたいのです」

「はぁ?」

抑え切れない侮蔑《ぶべつ》が漏《も》れる。

だが、異世界《アリエル》エルフは止まらない。

「ユナは好きな相手であればあるほど、イジワルをしてしまうタイプの〝ツンデレ〟だと、アリエルは推察しました。だからユナは、一番身近なユナ自身に対しても、イジワルをしてしまっているのでしょう。本当に〝大好き〟な相手を〝大好き〟と感じられないように、自分で自分を誤魔化してしまっているのです」

「ねえ、ほんといい加減にしてよ。ネットの知識で私にマウント取ってお説教できるつもりなら、あんたちょっと私のこと馬鹿《ばか》にし過ぎじゃない？」

「ネットの知識だけではありません。アリエルがユナの傍にいて、知ったことも含めてです」

「だったら余計に足りてない。私には、忍センパイやあんたの絡まない交友関係も、知らない時間も、見せてない内面も存在するの。あんたからしたら忍センパイにばっか構ってる女に見えるんだろうけど、〝大好き〟なんてとんでもない言い掛かりだから」

言葉が強いことは、分かっている。

ヒトの機微を理解し切っていない異世界エルフ《アリエル》に、大人げない態度を取っていることも。

必死になって反論するべきではないし、その必要もないことも、由奈は勿論《もちろん》分かっている。

分かっているのに。

「そうでしょうか。逆にアリエルは、インターネットを通じて、シノブやユナなどとはゼンゼンカンケイネェ人間関係のお話を学びました。そこから考えると、ユナのシノブに対する態度は、他のヒトとはかなり違っています」

「ネットがすべてじゃないの。ヒトには色々あるの。決め付けないで。はいこの話は終わり」

「まだ話は終わっていません。落ち着いて、最後まで聞いてから考えて貰《もら》えませんか？」

「諭《さと》すように言うの止《や》めて。っていうか話止めて」

「ヒトの生命には限りがあると、アリエルは学びました。得をしないことをする暇がないほど、大切な時間です。アリエルがこの世界に来てから、ユナは本当に沢山の時間を、アリエルのために使ってくれました。だけどユナは、アリエルのことが〝大好き〟な訳ではないのです。ユナはアリエルを通じて、アリエルを助けてくれている、シノブのために時間を使っていたのです。ずっとずっと〝大好き〟だった、シノブのために――」

「だから止《や》めろっつってんでしょ!!」

カタンッ

激昂《げきこう》した由奈《ゆな》がアリエルの胸倉を掴《つか》み、弁当箱とサンドイッチが地面に転がる。

「いいかげんにして。

私は忍《しのぶ》センパイのことなんて、大好きでもなんでもない。

異世界エルフのあんたが突然やってきて大変そうだったから、お手伝いしてあげてただけ。

あんたのことだって、ただ不憫《ふびん》だなって思ったから、面倒見てあげてたんじゃない。

それを〝大好き〟だとか〝大好き〟な相手に近付くために利用したみたいに言ってさ。

誰《だれ》だって怒るに決まってるでしょ。

もう一度だけ言うからね。

この話は、おしまいにしましょう」

普段の由奈ならば、自身の行動の杜撰《ずさん》さ、論理の稚拙《ちせつ》さ、暴力に訴える情けなさを正しく自省し、もう少しマシな方法でこの場を収めることができたかもしれない。

だが今日このとき、もっと言えばここ最近の由奈は最初から既《すで》にペースが乱れ切っており、予想外の方向から自身の内心を責め立てられていた。

故《ゆえ》に、引きずり出されてしまったのだ。

由奈自身ですら目を背《そむ》けていたはずの、隠された剥《む》き出《だ》しの感情を。


そして異世界《アリエル》エルフは、その本質を見誤らない。


「ユナのほうこそ、もう止めましょう」

「アリエルっ!!」

「アリエルは、ヒトの営みを学びました。

アリエルは、この世界に来てからずっと、シノブとユナのことを見続けてきました。

シノブはアリエルを大切に護ってくれましたし、ユナのこともずっと大切にしていました。

ユナはアリエルと、とっても仲良くしてくれました。

シノブにイジワルをしながら、時々とってもヤサシー感じになるのを知っています。

でもユナは、自分の作者の気持ちにもイジワルをしているのです。

アリエルはユナと、同じ気持ちになりたいのです。

ホントの気持ちを、ユナと一緒に持ちたいのです」


滔々《とうとう》と語る、異世界《アリ》エルフ《エル》の言葉に。

由奈《ゆな》の中の、何かが切れた。


「……勝手なことばっかり言わないでよ。何も知らないくせに」

「ではユナ、教えてください。アリエルは、何を知らないのですか?」

殆《ほとん》ど反射的に、由奈は言葉を返す。


「じゃあ、はっきり言うけどね」

それはいつか、独り立ちを嫌《いや》がるアリエルの内心を暴《あば》いたとき、危うく飲み込んだ真実。

遠い昔に心の奥底へ押し込めたはずの、絶望。

「中田忍《なかたしのぶ》は、私やあんたのことを、大切になんて少しも思ってないの」

こぼれ出してしまう。

あふれ出してしまう。

もう、止められない。

「好きでも嫌いでも、なんでもない。

そうなるだけの興味がない。

あの人の中には、強過ぎる意志と信念だけが、誰《だれ》かに与える目的すらなく存在してるの。

あんたを保護することも、私の我儘《わがまま》を許容するのも、全部そのおこぼれでしかない。

たまたま近くでその恩恵に与《あずか》れたから、大切にされてるように錯覚してるだけなの」

「あんたも」

「そして、私も」

断章・一ノ瀬由奈《いちのせゆな》の錯誤

そもそも何がきっかけだったのか、私には今でも分からない。

それでも答えろというのなら、この件に関する私の一番古い記憶を引っ張り出すしかない。

あれは大学三年の頃《ころ》、さあそろそろ就職活動頑張ろうかってくらいの時期の、なんでもない日になんでもない居酒屋で、そのころ仲の良かった皆と飲んでいたときの話だ。

前後の会話は覚えていないし、なんで飲みに行ったのかすら思い出せない。

ただ、いきなり唐突に、目に映る私の世界のすべてが変わってしまったので。

私は随分、戸惑ったのだ。

戸惑ったけれど、誰《だれ》に相談できることでもないし。

何より、傍《はた》から見れば、大した問題ではなかったから、私は変化そのものを無視した。

そのときは、無視することができたのだ。

まだ、そのときは。

◇　◆　◇　◆　◇　◆　◇

私は要領の良い子供だった。

察しがいいとか、気配り上手だなんて褒められ方はしょっちゅうで。

お手本以上の成果を見せて周りを驚かせることも割とあったし、自分なりのやり方にアレンジして結果を残し、他の子に教えてあげるのも得意だった。

例外は運転と料理ぐらいのもので……まあ、その辺りはいずれ克服するとして。

聞き分けのない弟の面倒も嫌《いや》な顔ひとつせずに見る『いい子の由奈ちゃん』を、両親は過不足なく可愛《かわい》がってくれた。

両親の期待に応《こた》えられるのが嬉《うれ》しかったし、弟に頼られるのも悪い気分じゃなかったから、私はずっといい子のままだった。

他人の心の動きにも、けっこう敏感である。

して欲しいこと、して欲しくないことが、表情や仕草を観察しているとなんとなく分かる。

好意的な人とはすぐ仲良くなれるし、そうでない人ともそれなりの関係には収まれる。

流行や服装にも気を遣ってたから、自分で言うのもアレだけど、学生時代から結構モテた。

『可愛い由奈ちゃん』。

『頼れる由奈ちゃん』。

『素敵な由奈ちゃん』。

皆の気に入るように振る舞う私を、皆は随分気に入ってくれた。

私も皆に気に入られるのは嬉《うれ》しかったから、私はずっと『皆の好きな由奈《ゆな》ちゃん』だった。

遊んだり笑ったり、付き合ったり別れたり、怒ったり笑ったり、その他もろもろ。

他人からは、充実した素晴らしい人生って評価して貰《もら》えるんじゃないかな。

そのための努力だって重ねてきたけれど、一度も辛《つら》いと思ったことはなかった。

そうすることで、皆が喜んでくれるから。

私のことを認めて、居場所を与えてくれるから。

辛いどころか、むしろ自分から周りに合わせて生きていた。

それが一ノ瀬《いちのせ》由奈。

あのときまでの、一ノ瀬由奈。


だけどあのとき、あの居酒屋で。

隣の席の男の子に、生搾《しぼ》りグレープフルーツサワーのグレープフルーツを搾ってもらって、ありがとうって笑いかけた。

その瞬間。


『私って、なんなんだろう』

いきなり脳裏に浮かびあがった、そのフレーズ。

自分でも、意味が分からなかった。

とりあえず、受け取ったサワーに口をつけて、フレーズを反芻《はんすう》してみる。


『私って、なんなんだろう』


なんなんだろうも何も、私は一ノ瀬由奈だ。

歳《とし》の割に親孝行だと近所の人にも褒められ、両親や弟とも仲良し。

遊んでばかりの大学生活だけど、まぁまぁの成績は残しているし、布石になりそうな資格や授業も押さえているので、就職先には困らないはずだ。

社会人になっても（多分）繋《つな》がりが切れないであろう、気の合う仲間もたくさんできたし。

いいオトコにも変なオトコにも引っ掛かった、ちょっと多めの恋愛遍歴も、あんまり自慢はできないけど、まあまあ充実してたし。

そんな中でも自分を磨き続けられるちゃんとした人間だと、自分では思っているし。

私は一ノ瀬由奈。

私を私として語れる、体裁の良いよそ行きの言葉は、私の中にちゃんとある。

だけど、気付いてしまったのだ。

私はそんな〝私〟のことを、別に大して好きじゃない。

自分自身がそうなりたくて頑張った結果、そうなったわけじゃない。

なんとなく、いつの間にか、結果的に。

周りに合わせているうちに、周りが羨《うらや》みそうな感じの〝何か〟に、なってしまっただけ。

私自身は、今みたいな自分になることを、一度として夢見たことなどなかった。


だったら〝私〟って、なんなんだろう。


どれだけ周りが羨みそうな感じの〝何か〟になれたとしても。

自分の望みがそこにないのなら、意味なんてない。

じゃあ、私の本当の望みって、なんなの？


答えなんて出ない。

だって私には最初から、望みなんて存在しなかったから。

家族、友達、恋人、仲間。

周りの価値観に合わせることしか、してこなかったから。

自分自身の望みなんて、育ててこなかったから。

私の中に、〝私〟はいない。

今の私の中にあるのは、あるべき大事な〝私〟を周りの人に配り過ぎた、〝私のような、よく分からない何か〟でしかない。


サワーを全部飲み切っても、私はグラスを下げられなかった。

私が酔っ払ったと踏んだのか、グレープフルーツを搾《しぼ》ってくれた男の子の距離が近づく。

少し面倒臭いな、と察したけれど、私はそれを甘んじて受け入れた。

そうすれば、余計なことを考えずに済みそうだったから。


結局この日は、この男の子にお持ち帰りされて。

半年付き合った後、特に理由もなく別れた。

だって、仕方がなかったのだ。

私の心に刺さった、小さな棘《とげ》のような、あのフレーズ。


『私って、なんなんだろう』

それが脳裏に浮かぶ度、私の目に映る世界は、少しずつ彩りを失っていった。

今まで普通にしてたこと、普通に楽しめてたことが、だんだん馬鹿馬鹿《ばか》しくなっていった。

流行を追いかけることもなくなったし、服や小物にお金をかけることも少なくなった。

話題は狭くなったし、人付き合いも億劫《おっくう》になった。

何をやっても満たされないし、何をやっても無駄だと思った。

だってそれらは、私が望んだものじゃない。

だからと言って今更《いまさら》、何かを望むこともできない。

望めるだけの〝私〟を、私は育ててこなかったから。


ただただ、全部が、面倒臭かった。

◇◆◇◆◇◆◇

そして時は流れ、私は大学を卒業した。

就職先については迷ったものの、最終的には神奈川のお役所で内定を勝ち取った。

人間関係やしがらみを切り捨てたくて、とにかく地元を離れたかったたし、せっかく地元を離れるなら都会で暮らしてみたかったし、かと言って東京で暮らすのはなんか怖かったし。

そして何より、公務員はあんまり頑張らなくても、クビにはなりにくいと噂《うわさ》で聞いた。

雑で行き当たりばったりな理由で決めた就職に、期待も不安も持ちようがなくて。

私は縁もゆかりもない新天地にその身を置き、なんとなく流れで生きて行くことに決めた。


初登庁日。

右も左も分からない新人たちが、晒《さら》し者のように整列させられているこの状況。

名字の五十音が〝い〟ちノ瀬由奈《ゆな》である私は、他の新人に先んじて挨拶《あいさつ》をするハメになる。

「福祉生活課へ配属となりました、一ノ瀬《いちのせ》由奈です。よろしくお願いします」

　ぱち　ぱち　ぱち　ぱち　ぱち
部屋のそこここから響く、まばらな拍手。

新社会人としてはいささか元気のない、ぼそぼそとした挨拶への反応にしたって、少し寂し過ぎやしないだろうか。

一般事務採用にもかかわらず、社会福祉主事の資格を取っていたことが災いして、役所の中でも最ブラックという福祉生活課に押し込まれた不満が、態度に出ていたのかもしれない。

就職に使えそうだし、少し講義調整すれば取れるからって、軽々しく取るんじゃなかった。

……まあ、実のところ、言うほど気にしてないんだけどね。

どこで何をやらされようが、今の私にはどうでも良かった。

ひとりの社会人として働き始めるのだから、どこでだって大変な苦労はあるだろう。

あのときまでの私なら、何があろうとそれなりに、難なくこなせていただろうけれど。

モチベーションを失った私には、やり切れる自信がこれっぽっちもなかった。

——どうしよ。

——せっかく地元離れられたけど、辞めたら戻るしかないもんね。

——その後、ずっと実家に住み続けるのも、気まずくて嫌《いや》だなあ。

——アテはないけど、結婚とか？

——まあ、相手が見つかったって、子供産んで育てるとか想像するだけでキッツいわ……。

そんな感じで、つまらないことを考えながら、天井の蛍光灯を眺めていると。


「何処《どこ》を見ている、一ノ瀬《いちのせ》君」


抑揚のない声色《こわいろ》。

はっとして目を向けると、三十歳くらいだろうか、上席寄りに座る男性が私を見ていた。

私が配属される……支援第一係だったかなんだったかの、係長だっけ。

名前は思い出せないけど、あの機械みたいな冷たい仏頂面《ぶっちょうづら》は、かなり怒ってるはずだ。

すぐさま頭を下げて、リカバリーを図らなくては。

「申し訳ありません！　少し、緊張してしまって……」

「そうは見えなかったが」

そつのない躱《かわ》し方だったはずだが、許された様子は一切なく、私は若干戸惑ってしまう。

気付けば周りの先輩方や課長までもが、可哀想《かわいそう》なものを見る目で私を見ていた。

──分かった。

──この人、そういう人なんだ。

「本当なんです。すみません、すみませんでした」

頭の切り替えを、とっさに済ませて。

やり過ぎない程度に、周りの同情を受けられるように、平身低頭で謝っておく。

空気が読めなかったり、常識が通じない相手と直接やり合っても、損をするばかりだ。

こちらを低くして自尊心を満足させ、周りに味方になってもらうのが、一番無難で賢い。

社会人になりたてで、真面目《まじめ》に生きる気力をなくしている私にも、それくらいはできる。

だけど係長の反応は、私の想像を遥《はる》かに超えていた。

「気に病む必要はない。君には過ちを改める権利がある」

見るからに不機嫌そうな仏頂面を浮かべ、係長が私の傍《かたわ》らに歩み寄ってくる。

「君はこれから数多くの区民と接することは勿論《もちろん》、同僚や他部署の上司とも顔を合わせ、〝初めての挨拶《あいさつ》〟を何十回、何百回と繰り返すことになる」

「は、はい」

「第一印象は、良くも悪くも君への評価を決定付けてしまう。挨拶に手を抜けば抜いただけ、他人からの不当な悪評に煩わされると理解しておけ」

係長は本気だ。

怒りだとか呆《あき》れだとか、低俗な順位付け《マウンティング》とかじゃなく。

本気で、私を〝指導〟するつもりでいる。

「まずは上役を中心に、少しずつ全体へ目線を散らしながら、背筋を伸ばして声を出す」

「……はい」

「背筋を伸ばして声を出す。できるか」

「はい！」

「うむ。福祉生活課、支援第一係長を任ぜられております、中田忍《なかたしのぶ》と申します！」

「ふ、福祉生活課、支援第一係の係員を任ぜられております、一ノ瀬由奈《いちのせゆな》と申します！」

「そうだ」

見るからに不機嫌そうな仏頂面《ぶっちょうづら》のまま、褒められる。

もしかしたら、最初からそういう表情なだけで、不機嫌な訳ではないのかもしれない。

「役所の人間に挨拶するなら、後で話題を広げやすい自己紹介をしておくのもいいだろう。出身地や最終学歴、趣味や特技の話題など、話したい範囲で話しておけ」

「はい」

「だが、酒の話は例外だ。仮に君が好きだったとしても、あまり公言しないほうがいい。酒に酔っての非違事案《あやまち》は組織や上司が心配するところだし、挨拶の一言がきっかけで、余分な親睦会《のみかい》に招かれるのは、君としても本意ではあるまい」

「……はい」

「よろしい。ではもう一度、挨拶からやり直せ」

最後まで不機嫌そうな仏頂面のまま、係長……あ、さっき自己紹介してたっけ。

福祉生活課支援第一係長を任ぜられている中田忍係長は、席へと戻っていった。

「えっ、と……」

ふと見れば、周りの先輩方や、上席にいる課長までもが、とても可哀想《かわいそう》なものを見る目でこちらを見ている。

例外は、中田忍係長だけ。

不機嫌そうな仏頂面で、こちらをじっと見つめている。

一ノ瀬由奈《わたし》を、見つめている。

けれど、不思議と嫌《いや》な感じはしなかった。

……なんか。
なんか。
なんなんだろ。

結局私は、さっきよりもいくらか胸を張って、自分の名前を皆に伝えることにした。
だって、これぱっかりは仕方ない。
中田忍《なかたしのぶ》係長は、変わらず私のことを見つめているし。
私が一ノ瀬由奈《いちのせゆな》であることを、皆に知って欲しくなったから。
そして、私自身にも届くよう、大きな声で叫べば。

『私って、なんなんだろう』

ささやかな疑問の答えが、少しだけ見えるような気がしたから。

「……福祉生活課、支援第一係の係員を任ぜられております、一ノ瀬由奈と申します！」

◇◆◇◆◇◆◇

福祉生活課支援第一係長、中田忍《なかたしのぶ》は、どこかおかしな人だった。

特に強く印象に残っているのは、何度目かのコーヒーをお出ししたときのこと。


「中田係長、お召し上がりください」

「何度も伝えた筈《はず》だ。俺にコーヒーなど淹《い》れる暇があるなら、少しでも他の仕事を覚えろ」

「……はい」

「新人によくある話だが、無用な雑務に忙殺されることで仕事をした気分になり、本質的な成長が遅れることがままある。俺の部下として勤めて貰《もら》う以上、それは俺にとっても不本意だし、君にとっても良い話とは言えまい。俺は、飲みたければ自分で淹れればいいコーヒーを差し出されるよりも、業務の疑問をぶつけられるほうが有益だと考えている」

「分かりました」

「分かればいい。このコーヒー自体は有難く頂こう」

「ありがとうございます。申し訳ありません」

給湯室に戻ると、女性の先輩が声を掛けてくれた。

「一ノ瀬《いちのせ》さん、大丈夫？」

「あ、はい、大丈夫です」

「中田係長、いつもああなのよ。改めるよう私からも注意してるんだけどね」

「あはは……でも、私のために言ってくださってることですから──」

「コーヒー苦手ならコーヒー苦手って、はっきり言えばいいと思わない？」

一瞬、言葉の意味が理解できなかった。

「……苦手、なんですか？」

「みたいよ。胃が荒れちゃって合わないから、できれば紅茶が飲みたいんだって」

「言っ……ていただければ、紅茶をご用意するのに」

「それもさせたくないんでしょうね。改めて言ったら、お茶汲《く》み要求してるみたいになるし」

じゃあ、何。

さっきのあれは、覚えの悪い新人に対する痛烈な嫌味《いやみ》じゃなくて。

業務多忙な新人に対する、ささやかでお優しい、本当の気配りのつもりってこと？

「呆《あき》れが表情に出てるわよ。気を付けなさいね」

「え、だって、あ……すみません」

思わず素が出てしまった私に、先輩は優しく笑いかける。

「中田係長って、凄《すご》く凄く誤解されやすいんだけど、根は悪い人じゃないのよ。色々変な噂《うわさ》も聞くだろうけど、見捨てないであげて頂戴《ちょうだい》」

「見捨てるなんて、そんな！」

おかしな言い方だった。

私は知識や経験どころか、意欲もやる気も何もない、ろくでもないただのド新人なのだ。

中田《なかた》係長に見切りを付けられるならまだしも、私のほうから見捨てるなんて真似《まね》、できるわけないしやりようもない。

私が目を白黒させていると、女性の先輩はどこかわざとらしく微笑《ほほえ》んだ。

「……そうよね、ごめんなさいね。他の新しい子たちと違って、しっかりやってくれそうだったから、つい余計なこと言っちゃった」

……あ、なるほど。

こちらの方は〝お局《そういう》〟ポジションなのね。

そうと察せば、私もそれなりの対応をお返ししなくてはまずい。

「嬉《うれ》しいお言葉ですが、買《か》い被《かぶ》りです。たまたま社会福祉主事持《しかく》ってただけで、同期には本気で勉強して、社会福祉士取《もっとすごいしかく》ってきた子だっていますし」

「うーん……正直ここの仕事って、そういうのは結構、どうでもいいトコあるんだよね」

「どうでも……？」

「……ま、今は別にいっか。期待してるから頑張ってね、一ノ瀬《いちのせ》さん。それとも、由奈《ゆな》ちゃんって呼んでもいいかな？」

「あ、はい。由奈で大丈夫です。えっと――」

「福祉生活課担当保健師の、菱沼真理《ひしぬままり》です。皆みたいに担当は持たないけど、保護受給者《ケース》や職員の健康管理について、医学的見地からアドバイスするのが主な仕事ね。気軽に〝マリさん〟って呼んでもらえると嬉しいかな」

「はい。宜《よろ》しくお願いします、マリさん」

「うん。宜しくね、由奈ちゃん」

多分お互い様だろうけど、作り笑顔は慣れたもの。

とりあえず私は〝菱沼真理《おっぽね》〟の名前を、赤色アンダーライン付きで脳内に深く刻み込んだ。

◇◆◇◆◇◆◇

区役所で、というか、ケースワーカーとして働き始めて三か月。

いくつか見えてきたことがある。

そのひとつで、一番最悪なのが、これ。

「うーん、私もこういう保護受給者《ケース》は持ったことないからなぁ……」

「去年の春ごろに――さんが持ってた保護受給者《ケース》がそんな感じだったかも。書庫調べたら？」

「ごめん！　今余裕ないから！　他の人に聞いて！　ごめん!!」

「特効薬的な解決策とかないからさぁ。地道に頑張るしかないでしょ。全部経験だから」

「自分の時間使って勉強した？　なんでも人に聞いてばっかりじゃ成長できないよ？」


係の諸先輩方は、基本的にマニュアル以下のことしか教えてくれないし、自分の仕事にしか興味ないし、私の仕事を手伝ってもくれない、ということ。

そしてそのクソみたいな勤務態度は、この区役所において、絶対的に正しいということ。

……ちょっと考えてみれば、実に合理的な話なのだ。

社会人になって日が浅い私だからこそ、より正しく理解できる。

常に新しい販路や手法を開拓するんじゃなくて、同じことを繰り返しがちな公務員がそれぞれ持つ固有の知識と経験は、イコールその人の存在価値とすら言ってもいい。

だからこそ、偉大な諸先輩方は、その知識や経験を簡単には譲ってくれない。

『業務の属人性を高めて自分の居場所を守る』とか、ネットには書いてあったかな。

イチから学ぶしかない私みたいな若手は、諸先輩方にへりくだって頭を下げながら、少しずつその貴重なデータを盗み取り、自分の存在価値を高めていくしかない。

好き嫌いだけで繋《つな》がれていた、学生時代の人間関係作りとは、まるでルールが違うのだ。

マリさんはいつでも親身に話を聞いてくれたし、色々な業務のヒントやアドバイスをくれたけど、彼女の立ち位置は課内でもオンリーワンの保健師だ。

お互い干渉する立場でないからこそ助言をくれるのだろうし、その助言も私の業務を直接的に助けてくれるものではない。

まあ、そうでなくてもこのご時世、少しでも何かあればすぐセクハラ、パワハラ、その他ハラスメントだと騒ぎになる訳で。

職場での人間関係はできるだけ薄くして、プライベートで人生を充実させるのが最も賢いやり方だと、遅かれ早かれ誰《だれ》でも気付く。

ましてやここは、区役所において最もブラックだと囁《ささや》かれる、福祉生活課なのだ。

立場を守ろうと必死になる諸先輩方を、誰が責められるというのか。


既《すで》に同期は全員辞めた。

一番やる気に溢《あふ》れていた女の子は、居宅訪問時に腐乱死していた保護受給者《ケース》の姿にショックを受けたそうで、わずか三週間で辞めてしまった。

異動まで耐え切るつもりだったらしい男の子は、たまたま合コンで相手の女の子に『いいよねー公務員。仕事すんごいラクなんでしょー？』とのお言葉にカチンときて居酒屋で大乱闘を起こして警察に捕まり、懲戒処分を受ける前に二か月で辞めた。

わざわざ福祉専門の大学に通い、志を持って入庁した社会福祉士の子も、ひどい飲んだくれの保護受給者《ケース》から受けたセクハラと脅迫が心の傷になったらしく、先週辞めた。

――　ぱち　ぱち　ぱち　ぱち

初登庁日のまばらな拍手が、ぼんやりと脳裏にフラッシュバックする。

その意味を、私は今になってようやく理解した。

皆、私たちに期待などしていなかったのだ。

どうせ、すぐにいなくなるものだと。

あっさりと心折れて、職を辞すであろう奴《やつ》らだと。

心の中で溜息《ためいき》を吐《つ》き、ほんのりと呆《あき》れた気持ちで、手を叩《たた》いていたに違いないのだ。


絶望的な気分をどうにか押し込めつつ、私は今日も上席に向かう。

彼は機械みたいな精密さと集中力で、係の業務に向き合っている。

声を掛けるのは躊躇《ためら》われるが、声を掛けない訳にもいかない。

今の私は、もうこの人に頼るしか手段がないのだ。

「中田《なかた》係長」

「……」

「すみません、中田係長！」

「……ああ、すまん、集中していた。何か用か、一ノ瀬《いちのせ》君」

「あ……すみません。業務に関して、ご教示願いたい点がありまして」

「午前中の話とは別件か」

「……はい、申し訳ありません」

刺さるような厳しい視線。

見るからに不機嫌そうな仏頂面《ぶっちょうづら》。

同期はこのプレッシャーに耐え切れず、中田係長に自ら指示を仰ぐこともできなかった。

「君は随分と真面目《まじめ》だな」

「えっ？」

「いいだろう。何が知りたい」

中田係長は仏頂面のまま、デスクから一冊の大学ノートを取り出した。

表紙に書かれた『一ノ瀬由奈《ゆな》』の文字に、私は少し驚き、戸惑う。

「中田係長、それは——」

「君への指導事項を纏《まと》めたものだ。応用動作を教える際に、前提となる知識を与えていないようでは、本末転倒だからな」

厳しい視線で、不機嫌な様子で、仏頂面のままで。

事もなげに、彼はそう言い切った。

この人の底だけは、まだ私にも見えない。

◇◆◇◆◇◆◇

福祉生活課支援第一係長、中田忍《なかたしのぶ》。

知識は豊富で、仕事もできる。

面倒見も良ければ、頼りがいもある。

ただ、常識的な社会人が当然に持っているべき、大切な何かが欠けていた。


でも私は、彼が不器用ながらとても優しい人間なのだと、いつからか思い始めていた。


『残業しない癖をつけておけ。時間外労働を計算に入れてスケジュールを組むな』

『嘘《うそ》を吐《つ》いてはならないが、真実をすべて話す必要もない。遊びと逃げ道を忘れないように』

『現金を扱う業務は、必要以上に注意を払え。瑕疵《かし》を残せば、辞めた後にも訴追を受けるぞ』

『経過は一時的に評価されるが、最後に残るのは結果だ。経過で満足して足を止めるな』

『言葉遣いは丁寧に、態度と行動は誠実に。目に見える部分は常に見られていると意識しろ』

彼は役所の人間として、またひとりの社会人として蓄積してきた経験を、余すことなく伝えようとしてくれている。

私がこの福祉生活課《せいかつか》で生きてゆけるよう、懸命に力を貸してくれていると思っていた。

一ノ瀬由奈《わたし》のことを、真剣に見ていてくれるんだと、信じていた。

◇◆◇◆◇◆◇

八月。

福祉生活課で働き始めてもうすぐ半年という、この時期に。

私の受け持っていた保護受給者《ケース》が、ひとり死んだ。

諸々《もろもろ》あって年金を満額受給できない、高齢の独居老人。

ひどい癇癪《かんしやく》持ちで、親族の誰《だれ》も面倒を見ようとはしなかった。

私も随分嫌《いや》な思いをしたけど、毎度毎度恨みを残してたら五寸釘と藁《わら》人形が足りなくなる。

人間誰《だれ》しも、死ねば仏様。

今更《いまさら》恨み言を言うつもりはない。

保護受給者《ケース》がお亡くなりになることも、珍しいことじゃなかったし、初めてでもなかった。

ただ今回は、信じられない勢いで親族から詰《なじ》られたのだ。


『ちゃんと通院させていなかったんだろう』

『国民の血税で食っているくせに』

『義務を果たせよ、義務をよ』

『なんのための生活保護だ』

『お前が殺したようなモンだぞ』


通院介助はデイサービスの担当だったし、税金は私だって納めてるし、理不尽な要求や反発に耐えながら、私なりに寄り添ってきたつもりだ。

言い出せば、そもそも親族が引き取っていたらこんなことになってないし、なんのための生活保護は、正直こっちの台詞《せりふ》だった。


「……はぁ」

誰もいない行政事務室に、私の溜息《ためいき》が空《むな》しく響く。

時刻もぼちぼち、終電が近い。

親族との電話対応で昼の業務が圧迫され、他の保護受給者《ケース》に必要な業務が終わらないのだ。


悔しい。

悔しい。

……悔しい。


どうして、こんな思いをしなくちゃいけないんだろう。

ケースワーカーの仕事なんて、望んで就いた訳じゃないのに。

自堕落で自分勝手な保護受給者《ケース》に、頭を下げて病院に通っていただいて。

服薬をサボった保護受給者《ケース》が死んだからって、また頭を下げて、結局詰《なじ》られて。

他人事《ひとごと》の諸先輩方は『もっと掌《てのひら》の上で転がしてあげないと』だの『家族に引き取らせなかった時点で負け』だの、好き勝手言うし。


……。

……ほんと。

「ほんと、私って、なんなんだろ……」

「独り言は止《よ》せ。癖になるぞ」


「ひゃあああああっ!?」

あられもない悲鳴を上げてしまった。

だって、仕方ないじゃないか。

誰《だれ》もいないはずだった、夜の行政事務室。

そこに突然、背後から。

「すまない。驚かせてしまったか」

中田《なかた》係長の声が、聞こえてきたのだから。

「だっ、どどっ、どうされたんですか中田係長」

「君の担当保護受給者《ケース》の親族と話を付けてきた」

「話、ってて っ——」

「君を含めた区役所の取扱いに瑕疵《かし》がなかったことを、資料を交えて説明した。これ以上の不服があるなら裁判により対応すること、申し立ては俺を通すべきこと、通告後の無用な電話連絡が威力業務妨害罪を構成する可能性などを申し伝えたところ、一定の理解が得られた」

……それは理解ではなく、脅迫ではないだろうか。

途中から『説明』が『通告』になってるし。

……だけど

……あ。

……これ、ちょっと。

……ダメ、かも。

「……」

それから、たっぷり五分くらい。

中田係長は所在無げに辺りを見回し、さりとて立ち去ることもなく、私の傍にいてくれた。

「一ノ瀬《いちのせ》君、少し時間を貰《もら》えるか」

「……えっ」

「君の終電には間に合わせる」

……まあ。

終電に間に合うなら、いいかな。

◇◆◇◆◇◆◇

「……わぁ」

私は中田《なかた》係長に連れられ、区役所の屋上から街並みを見渡していた。

遠く見える海側には、赤いランプの灯《とも》る高層ビルと、きらびやかな繁華街が広がっている。

もう半分、近くに見える陸側の奥は、新しいのに雰囲気が不気味な簡易宿泊所《ドヤ》群があった。

「あの赤いランプは、航空障害灯と言う。夜間、航空機等に障害物の位置を報《しら》せるものらしいが、この高さまで降下しているようでは、どのみち先行きは厳しかろうな」

「そうですね」

「……」

暗闇《くらやみ》の中、いつもより渋い表情の中田係長。

……まさか今のランプの話、冗談のつもりだったんだろうか。

私が反応を返す前に、中田係長は口を開いてしまう。

「一ノ瀬《いちのせ》君は〝犯罪機会論〟を知っているか」

「名前を聞いた覚えはありますが、正しく解釈できている自信はありません。すみません」

「近年提唱され始めた、犯罪の発生原因を『犯罪を起こしやすい環境』に求める考え方だ。犯罪者に犯罪の発生原因を求める〝犯罪原因論〟とは対になり、防犯施策の基盤となりうる」

「割れ窓理論みたいなものですか」

「ああ」

〝割れ窓理論〟とは、ガラスの割れた車を放っておくと、その地域は何故《なぜ》か犯罪が起こりやすくなる、みたいな説……だったと思う。

法学部の友達が、飲み会でそんなことを話していたような気がする。

「あくまで俺の持論だが、生活保護の存在意義は犯罪機会を減ずるためのものだ。たとえば、日本にいる１００の困窮者に生活保護を受給させたとき、90までの困窮者は中長期的な支援を必要とせず、いずれ自立し社会活動を営むようになる。残り10のうち９までは、生活保護による中長期的な支援を必要とするが、あくまで救うべき善良な市民だ。残り１のうち０・９は、本来自立すべき能力を持ち合わせているにもかかわらず、制度に寄生する悪辣《あくらつ》な者たち。そして残りの０・１が、俺たちの憎むべき不正受給者《ナンバー》になると仮定しよう」

「……」

「これらすべての困窮者に金を与え生かし、生活を充足させることは、困窮からの窃盗や暴力を防ぎ、犯罪機会を減じることへ繋《つな》がる。徒労と無駄にしか感じられん俺たちの業務にも、立派な社会的意義がある。平和な日本を支えるため、十全に貢献していると言えるだろう」

中田《なかた》係長と私の眼下に広がる、賑《にぎ》やかな人々の姿。

酔っぱらった感じのカップルが口づけを交わし、汚らしい身なりの男たちがワンカップを手に歓談し、スーツ姿の集団が楽しそうに騒ぐのが、ここからはよく見える。

「だが、無責任な世論や政府は、90と9《あわれむべき》に当たる国民だけを見て、社会福祉の崇高《すうこう》さや存続意義を語りたがる。殊更《ことさら》に人情を持て囃《はや》し、無限に湧《わ》き出る訳もない税金を振り撒《ま》いて、何故《なぜ》すべての生活保護受給対象者を救えないのかと、偉そうに俺たちを糾弾《きゅうだん》する。その大雑把な救いの手が、0・9と0・1《ふとどきもの》を甘やかしているとも考えずに」

「……はい」

「逆も然《しか》り。0・9と0・1《ふとどきもの》を憎むあまり、90と9《あわれむべき》を見殺しにするようでは、本末転倒だ」

……中田係長の言わんとしていることが分からない。

いや、内容だけ聞けば、なんとなく分かるのだけれど。

『中田係長から』言われるのは、ちょっとおかしいのではないだろうか。

「〝公共の敵《パブリック・エネミー》〟という概念に聞き覚えはあるか」

「……いえ」

「誰《だれ》の立場から叩《たた》いても不都合のない、妥当な悪の存在をそう呼ぶそうだ。俺たち公務員は、たとえ己に瑕疵《かし》がなくとも〝公共の敵《パブリック・エネミー》〟の誹《そし》りを受けねばならん存在だと、俺は考えている」

「……」

「俺たち福祉を預かる者は、国民と保護受給者《ケース》の間に立ち、すべての泥を被《かぶ》らねばならない。国民の抱く拙《つたな》い幻想である〝理想の福祉〟が、国民の見えないところで実現され続けているのだと、甘い夢を見せ続けなくてはならない」

私は何も言えなくなって、ただ小さく頷《うなず》いた。

中田係長は、そんな私をちらりと見て、暗い空を見上げる。

星の輝きなんて、街の灯《あか》りに溶け込んで、少しだって見えやしないのに。

「新規採用者が配属を希望せず、転属先としての希望もまずされない福祉生活課は、常日頃《ひごろ》から人材の不足に悩まされている。一般職採用でありながら、社会福祉主事《しかく》のあった君がここに飛ばされたのは、優秀な人材をどうにか定着させたい、人事部《うえ》の窮余《きゅうよ》の策だ」

──優秀だ、なんて。

──ずっと、助けられてばっかりだったのに。

「君は十分に尽くしてくれた。転属願いの推薦ならば、俺が何処《どこ》にでも書いてやる」

それきり、中田係長は何も言わない。

ふと横顔を見ると、いつも通りの仏頂面《ぶっちょうづら》。

……。

……やっぱり、そうなのかな。


「中田《なかた》係長」

「どうした」

「もしかして、励ましてくださったんですか？」

「事実を述べたに過ぎん」

言って、顔を逸《そ》らす中田係長。

照れてる？

まさかね。


でも。

そっか。

私はいつの間にか、頑張ってたんだ。

「転属願いは、結構です」

「いいのか」

「ええ。中田係長に力を貸していただけるなら、もう少し頑張れそうなので」

「……そうか」

中田係長は、そっぽを向いたままだったけれど。

この人がこれからも、〝私〟を見ていてくれるなら。


『私って、なんなんだろう』

いつか私は、〝私〟になれるような気がした。

◇◆◇◆◇◆◇

九月の人事異動期も終わり、私の勤務経歴もようやく半年を過ぎた。

もちろん、まだまだ一人前は名乗れないけれど。

私の胸の内は、キラキラした輝きでいっぱいだった。

「中田《なかた》係長、こんな時間まで、おひとりでお仕事なさってるんですか？」

「目に付く残務を処理しているだけだ。君が気にすべき話ではない。早く帰りなさい」

「中田係長、今日もおひとりで残業ですか？」

「たまたま残務が立て込んだだけだ。君が気にすべき話ではない。早く帰りなさい」

「中田係長、お疲れ様です。私で宜《よろ》しければ、お手伝いさせていただけませんか？」

「俺が捌《さば》き切れなかった残務を、君に背負わせるのは筋違いだ。早く帰りなさい」

「中田係長、今処理なされてる残務って、本来係全員でやるべきものではないんですか？」

「……君たちは係員《かかりいん》通常業務で手一杯だろう。故《ゆえ》に俺が処理すると決めた。君も早く帰りなさい」

「中田係長、今処理なされてる残務、私にもお手伝いさせてください」

「自分のキャパシティを過信するな。新人たる君は、君の担当業務に集中しろ。早く――」

「業務を整理してゆとりを作りました。係の業務をより広く、より深く学びたいんです」

「……」

「あ、もし土日も出勤なさるならご一緒させてください。予定は何もありませんので！」

「中田係長、土日も出勤なさったんですね。私には休めって仰《おつしや》ったのに」

「……君に休日を返上する権利などない。休むべきときは休むべきだと示したまでだ」

「中田係長、拙《つたな》いですが紅茶をご用意しましたので、良ければお召し上がりください」

「……いただこう」

「中田係長、どうしておひとりで係の残務を処理なさっているんですか？」

「……そうするのが最善だと信じるが故だ。君を付き合わせたいとは考えていない」

「中田係長、私、係長のお邪魔になってはいませんか？」

「……君には十分以上に助けられている。そろそろ自分の時間を大切にしたらどうだ」

◇◆◇◆◇◆◇

そんなこんなで、十回目の残業の夜である。

中田係長は私が時間外に姿を現す度、普段より嫌《いや》そうな仏頂面《ぶっちょうづら》で追い返そうとしてたけど。

それが中田《なかた》係長なりの優しさだってことぐらい、私にはもう分かっていた。

だけど……ううん。

だからこそ私は、思い立ってから毎日欠かさず、中田係長の残業にお供し続けた。

周りの目がある昼間のうちは、新人らしく真摯《しんし》に誠実に、担当業務に全力集中。

私の裁量で使える私の時間は、私のやりたいことに全力投球。

そういう姿を見せることが、私にできる精一杯の恩返しだと思えたから。

そういう姿を見せようと力を尽くすことが、私を〝私〟に変えてくれると思えたから。


ザアアアアアアアアアアアアアアッ　タンッ

「中田係長、タイピング滅茶苦茶速いですよね」

「そうだろうか」

「はい。最後の『タンッ』まで、指の動き目で追えませんもん。何かで練習されたんですか?」

「我流だ。文字起こしのアルバイトをしていた頃《ころ》、自分なりの工夫で形を作った」

つまらなそうな仏頂面《ぶっちょうづら》で、ディスプレイから目線は外さず、ぶっきらぼうに答える中田係長だけど、私が話し掛けるとタイピングの速度を緩め、質問や雑談に応じてくれる。

調子に乗っていたと言われれば、そうかもしれない。

けれど私に、悪気なんてなかったのだ。

ただ、生まれて初めて感じるような、自分の〝こうしたい〟という気持ちを、大人として許される最低限の形で、素直に表に出しただけ。

それだけだと、思っていたのに。

「そういえば意識してなかったですけど、中華街って区役所のすぐ近くにあるんですね。私、静岡から出てきて遊びに行くタイミングなかったんで、びっくりしちゃいました」

「……」

「中田係長、もし中華街のお店とかご存じでしたら、今度一緒に――」

「一ノ瀬《いちのせ》君」

中田係長が立ち上がり、私の傍に歩み寄る。

普段通りの仏頂面で、普段通りの声色《こわいろ》で、私の瞳《ひとみ》をしっかりと捉《とら》えて。

見上げる私はドキリとしたけれど、そんな可愛《かわい》らしいゆらぎは一瞬で過ぎ去った。

だって。

中田係長が放った次の言葉が、私の心を縊《くび》り殺してしまったから。

「もう、止めてくれないか」

……

……え？

「あまり誤解されるような行動をするものではない。相手が俺だから良いようなものの、おかしな勘違いをする類《たぐ》いの相手ならば、余分なトラブルに巻き込まれかねない危険がある」

「仮に君が俺に好意や慕情、あるいはそれに類する感情を抱いているのだとすれば、それは社会心理学的見地から解明可能な誤認だ。福祉生活課における勤務から生じた認知的不協和が、苦痛に満ちた日常を受容させるため、君を手助けする立場にある俺を拠《よ》り所に据え、心的荷重の緩和を図っているものと推認する」

「君の精神には異常が生じている。適切な治療と休養が必要だと、自覚しては貰《もら》えないか」

分からなかった。

本当に、分からなかった。
この人は一体、何を言っているんだろう。

『誤解されるような行動』。
『おかしな勘違い』。
『社会心理学的見地から解明可能な誤認』。
『俺を拠り所に据え、心的荷重の緩和』。
『君の精神には異常が生じている』。

追い詰められた脳内回路が電撃的に相互作用を繰り返し、ひとつの結論を導く。

つまり中田《なかた》係長は、私が仕事のし過ぎで追い詰められちゃったと考えていて。
頭の軽い馬鹿《ばか》女みたいに、プライベートを駆使して擦り寄ってきているとお考えで。
その状況が私にとって不利益だから、考え直すように全力で諭《さと》していると。

……あれ。
おかしいな。

なんでだろ。
さっきまで、すごく楽しくて。
間違いなく正しいことをしてる自信とか、全能感みたいなものが溢《あふ》れていて。
私が〝私〟になるための努力っていうか、社会人として超えるべき、えっと、あれ？
違う。
えっ。
これ。
違う。
心の底からせり上がる、冷たくておぞましい何かが、背骨を通って後頭部に抜ける。
全身が総毛立つ感じに、遅れてやってくる変な熱気で、頭の中がぐらぐらする。
これまで感じたことがないみたいな、マーブル模様の感情。
……いや、でも、全部が全部未知ってわけじゃない。
今の私は多分、ふたつの感情に心をかき乱されているんだ。
それはつまり。
思いもよらない形で、私の振る舞いを指摘された恥ずかしさと。
もうひとつは。
これは。

支えのない宇宙に突然放り出されたような、この絶望的な喪失感は。
まるで。
失恋、みたい、な……？
……
……
……
……いやいやいやいやいや、いや？
それはおかしい。
そんな風に感じること自体がおかしい。
中田《なかた》係長の残業に付き合って、ちょっと疲れちゃってたせいだろうか。
だってこの状況で、私が失恋みたいな気持ちを感じるってことは。

中田《なかた》係長に恋心を抱いて擦り寄って、失敗したからそんな気持ちになるってことでしょ。

いやいやいや。

そんなんじゃないし。

恋心じゃないんだからこの気持ちは失恋じゃないし。

はい論破。

はい論破。

私はただ恥ずかしいだけ。

いきなり想定外のぶっ飛んだ勘違いをされたから、恥ずかしくなっちゃっただけ。


でも。

だとしたら、この喪失感はなんだろう。

分からない。

分からない、けど。

今は。

ひどい勘違いをなさった中田係長に、ささやかな報復をさせていただかねば気が済まない。

私は立ち上がり、しっかりと中田係長に向き合って、上目遣いに囁《ささや》きかける。

「中田係長」

「なんだろうか」

「もしかして、中田係長って、童貞なんですか？」

「どっ……!?」

よほど虚を突かれたのだろう。

漫画かアニメのように驚きの声を上げ、動揺を隠せない中田係長。

無愛想な彼の初めて見せるコミカルな動作が、私にはたまらなく面白かった。

「だって、たかだか二週間ぽっち残業にお付き合いした程度で好意だの慕情だのって。そんな短絡的で恥ずかしい勘違い、童貞丸出しの中学生男子でもなくちゃしやしませんよ」

「……ふざけているのか、一ノ瀬《いちのせ》君」

「動揺するってことは……と言いたいところですが、中田係長ですからね。油断はできません。はっきり確認させてください。中田係長って、童貞なんですか？」

「止《や》めて貰《もら》えないか。その質問に答える意義も意味も感じられない」

「だから気負い過ぎなんですって。大人同士なんだから、この程度の雑談、普通でしょう？」

すっ、と中田係長の顎《あご》に指を這《は》わせるが、触れられること自体に抵抗はないようだ。

年齢なりに経験はあるのかもしれない。

物好きな女もいたものだ。

……私が言えた義理でもないか。

「それとも中田《なかた》係長、私にトクベツ、感じちゃったんですか？」

「それだけは有り得ない」

……これまで見えなかった、中田係長の〝底〟が、少しずつ見えてきた。

常識的な社会人が当然に持っているべき、大切な何かが欠けている、中田係長。

〝欠けている〟と思って考えるから、分からなかった。

〝欠けている〟のではなくて、〝余らせている〟と見るべきだった。

中田忍《しのぶ》は『ひたすらに意志が強い〝だけ〟』の人間なのだ。

己の誠実さ、清廉《せいれん》さに誰《だれ》よりも正直で、それを貫き通す意志がとてつもなく強い。

だけどそこに、誰かから好かれたいとか、誰かのためになりたいとかいう欲求はない。

中田忍が中田忍で在《あ》り続けたいと、進んで進んで進み続け、その副次的な現象として、私みたいな『たまたま偶然、結果的に救われた形になった』人間が存在するだけなのだ。

そこに中田忍の好悪、社会的観点から見た善悪なんかは、一切関係ないのだろう。

合理的にどうしても必要だと判断すれば、彼は不正受給者《ナンバー》の不正行為にも手を貸してしまうだろうし、善良な保護受給者《ケース》の保護受給をも差し止めてしまうのだろう。

その結果生じる心の痛みは、すべて自分のものとして呑《の》み込んで。

〝中田忍〟を、続けてしまうのだろう。

あまりに不完全な生き方だと思う。

その辺は無意識にでも自覚があるから、規律規則に関するハードルは馬鹿《ばか》高いのに、自分自身が貶《おとし》められること自体には、あんまり抵抗ないんだろうな。

……せっかくだから、もうちょっと踏み込んでみようか。


「中田係ちょ……長いんで〝忍センパイ〟でいいですか？　拒否しても勝手に呼びますけど」

「……」

「そんな勘違いをするわけない忍センパイだからこそ、こんな風に仲良くさせて頂いてるんじゃないですか。私は別に、忍センパイのことが好きとか全然ないんですけど、忍センパイが私の行動で困った顔になるのを見るのは、結構好きなんです。征服感って言うのかな。たまらないですね」

「……」

「だから今後も、積極的に忍センパイのプライベートスペースを踏み荒らしていきますから、よろしくお願いします」

恭《うやうや》しく宣言して、深々と一礼する。

激昂《げきこう》されて怒鳴り付けられるかもしれないと、一応覚悟はしていたものの、中田係長……

否《いな》、忍《しのぶ》センパイは、普段通りの仏頂面《ぶっちょうづら》のまま、何かを必死に考えていらっしゃるご様子。

これまでとは比較にならない満足感に、私は思わず笑ってしまう。

だってこんなの、楽し過ぎるじゃないか。

何をしたって好かれないし、嫌われないのだから。

無理に話を合わせなくったって、おべっかを使わなくったって、作り笑いをしなくたって、関係は崩れたりしないってことでしょう。

それはたぶん、私が〝私〟になれる、ひとつの形。

今まで私自身も知らなかった、嗜虐《しぎゃく》的で身勝手な〝私〟を、この人は受け容れてくれる。

だったら。

「一ノ瀬《いちのせ》君」

「はいはい、なんでしょう」

「俺が君の機嫌を損ねたなら、誠心誠意謝罪しよう。だが申し訳ないことに、俺の認識の内では、君をこのような状態にした理由が分からない。理由を教えては貰《もら》えないだろうか」

……このときやっと、私は私が抱《いだ》いていた〝失恋みたいな喪失感〟の正体を掴《つか》んだ。

そう。

私は。

「そんなの、決まってるじゃないですか」

「忍センパイを、私の遊《オモ》び相手《チャ》にしたいから、ですよ♪」

きっと、ようやく見つけたお気に入りの玩具を、手放したくなかったに違いないのだ。

◇◆◇◆◇◆◇

〝忍センパイ〟との邂逅《かいこう》は、私の生活を激変させた。

最も大きな変化は、社交的かつ活動的になれるモチベーションを取り戻せたことだ。

何せ相手は、〝あの〟忍センパイである。

私が全力を尽くしたところで、簡単にやり込められてしまう場面も、実は結構多い。

同じレベルで、或《あ》るいは一歩先に立って彼を弄《もてあそ》ぶには、途方もない努力が必要だった。

つまるところ。

『私ってなんなんだろう』的な、青臭くて子供じみたしょうもないモラトリアムに浸っている暇が、まるでなくなってしまったのだ。

〝私〟は私、一ノ瀬由奈《いちのせゆな》。

陰でこっそり中田忍《なかたしのぶ》をいじくるのが生き甲斐《がい》の、皆に好かれる優秀な若手職員。

皮肉な話だが、私は〝中田係長〟と決別したことで、欲しかった〝私〟を手に入れた。


一方で、以前は無軌道に広げていた交友や半端な恋愛には、一切首を突っ込まなくなった。

今更《いまさら》忍センパイと恋愛《あんなん》したいなんて思わなかったが、その辺ですぐ拾えるような、優しい以外に見るべきところがない男と付き合うくらいなら、彼とぶつかり合うほうが余程《よほど》楽しい。

だからと言って、周りから仲良くケンカしてる、なんて思われるのは癪《しゃく》だから、彼以外の人間がいるところでは、今まで通り良い子の仮面を被《かぶ》って生活することにした。

いつまでも、どこまでも〝中田忍〟を貫き続ける忍センパイは、そんな私の裏の顔を誰《だれ》に吹聴《ふいちょう》するでもなく、今まで毎日、私の相手をしてくれていた。


楽しかった。

ずっと、とっても、楽しかった。


だけど。

彼の興味が、本当の意味で私へ向くことは、一度としてなかった。

◇◆◇◆◇◆◇

もちろんそんな思い出話を、わざわざ語って聞かせるような真似《まね》はしない。

ただ、この異世界エルフ《アリエルフ》の純朴さに、いい加減我慢ができなくなったから。

〝ネットじゃ知れない世界の真実〟って奴《やつ》を、少しだけ思い知らせてやろうと決めたのだ。

「中田忍は、私やあんたのことを、大切になんて少しも思ってないの。

好きでも嫌いでも、なんでもない。

そうなるだけの興味がない。

あの人の中には、強過ぎる意志と信念だけが、誰かに与える目的すらなく存在してるの。

あんたを保護することも、私の我儘《わがまま》を許容するのも、全部そのおこぼれでしかない。

たまたま近くでその恩恵に与《あずか》れたから、大切にされてるように錯覚してるだけなの」

「あんたも」

「そして、私も」


——あーあ、やっちゃった。

私の心の醒《さ》めた部分が、他人事《ひとごと》のように呆《あき》れている。

無垢《むく》だったアリエルの信頼に、泥を撒《ま》いて汚すような、卑劣な悪行。

どこか甘い背徳感と、苦々しい後悔が、私の脳髄《のうずい》をじりじりと満たす。


「本当に大切な相手にしかすべきでない献身を、忍《しのぶ》センパイはそれが必要だと考えたら、誰《だれ》が相手でもやれちゃうの。裏を返せば、忍センパイは〝特別な相手にだけ与える想《おも》い〟と、そうでないものを区別できない。だから、本当に特別な相手なんて、作りようがない。どれだけ大事にされてたって、その先には絶対に進めないの。〝大好き〟なんて、ありえないんだよ。忍センパイがそこまで自覚してるかは、私だって知らないけどね」

殊更《ことさら》に余裕ぶって、私は胸倉を掴《つか》む手に力を籠《こ》め、アリエルの瞳《ひとみ》を覗《のぞ》き込む。

アリエル《あんた》が私を覗こうとしたように、今度は私が覗く番。

覗き返されたって、構うもんか。

同じ次元《レベル》に立った相手なら、見られて困ることなんてひとつもない。

ほら。

あんたが心の底から信じていた男は、あんたに微塵《みじん》も興味がなかったんだよ。

悲しんだっていい。

私に当たり散らしたっていい。

がっくりと膝《ひざ》を突いて、絶望したっていい。

その余裕ぶった微笑《ほほえ》みを歪《ゆが》めて、みっともない姿を晒《さら》しなさいよ。

辛《つら》いんでしょう？

苦しいんでしょう？


なのに。

なんで。

あんたは、そんなに――


「アリエルは、ようやく分かりました」

「……何が？」

「ユナの言葉と行動が、ちぐはぐしていた理由です」

「は?」

「ユナは怒っていたのではなく、怯《おび》えていたのです」

「ユナの〝大好き〟が、シノブに届かないかもしれないことが、怖くて仕方なかったのです」

……。

………。

「それがどうした、ですよ、ユナ」

アリエルの瞳《ひとみ》は、絶望に沈んでなんていなかった。

むしろ、さっきよりもキラキラした眼差《まなざ》しで、私の奥底を覗《のぞ》き込んでいる。

「シノブの〝だいすき〟が特別でないことは、アリエルにも分かります。でもそれは、ユナがシノブを〝大好き〟でいることとは、ゼンゼンカンケイネェではないですか」

言葉の意味は呑《の》み込めないが、抗《あらが》えない圧力だけは感じ取れる。

いや、格好を付けずに、正直に正確に表現しよう。

私は今、異世界エルフ《このこ》に、心の澱《おり》を拭《ぬぐ》われようとしている。

「〝大好き〟は、自分だけのものです。シノブが今、ユナを〝大好き〟でなくても、いいではないですか。いつか、シノブがユナを〝だいすき〟から〝大好き〟になってくれるよう、〝大好き〟でいるのは、いけないことなのですか？」

返す言葉がない。

返せる言葉がない。

『忍《しのぶ》センパイが私に興味を持たないから、私は忍センパイを想《おも》うことを放棄した』。

想いを封じ込めていた、最強最後の屁理屈《きりふだ》が、あっさりとかき消されてしまう。

職場でいやらしくつきまとい、ちょっかいを掛けていた。

他の同僚とはそれとなく距離を置かせ、自分だけが気遣っているかのように仕向けていた。

異世界エルフ《アリエル》の存在をダシに、忍センパイの元に通い詰めていた。

女子高生《たまきちゃん》が現れたときは、それはそれは焦ったように思う。

ふたりきりで江《え》の島《しま》の灯台に行ったときは、内心恥ずかしいほど舞い上がってしまったし。

アリエルを独り立ちさせるつもりだと聞いたときは、正直嬉《うれ》しい気持ちもあった。

耳島《みみじま》の最下層では、あろうことかアリエルを見捨てて、忍センパイを引き留めてしまった。

アリエルには申し訳ないと思うけど、忍センパイのほうがずっとずっと大切だった。

倫理よりも常識よりも建前よりも恥よりも、私は忍《しのぶ》センパイを失いたくなかった。

恋とか愛とか友情とか、関係の名前に頼らず傍にいられる相手から、離れたくなかった。

そして、耳島《みみじま》の夜。

最後まで言えなかった、言葉。


——忍センパイは、私のことなんて。

——好きでも、なんでも、ないんでしょう?


それを伝えて、どうするつもりだったのか。

もちろん、否定して欲しかったのだ。

アリエルを見殺しにして忍センパイを救おうとした、汚らわしい私を慰めて欲しかった。

けれど結局、アリエルは忍センパイに命懸けで救われて、私に残された最後の聖域である区役所《しょくば》まで踏み込んで、忍センパイの最も近くにいる。

だから私は、あんなにも苛立《いらだ》っていたのだとすれば。

公私にわたり、みっともないほど忍センパイへ擦り寄り、存在を主張していたとすれば。

すべての辻褄《つじつま》が、合ってしまう。

認めずには、いられなくなる。

「思うにユナは、ユナの〝大好き〟が叶《かな》わなかったので、最初から〝大好き〟ではなかったことにしようと考えたのではないでしょうか。そう考えたことがユナ自身に分かるとカナシーなので、ユナはユナ自身がそれに気付かないよう、ユナ自身にイジワルをしたのではないかなと考えたのですが、アリエルの考えは間違っているでしょうか?」

……冗談じゃない。

ここまで言われてしまっては、足搔《あが》いたところで虚《むな》しいだけだ。

魔法を使われた訳でも、脅しをかけられたわけでもない。

いつの間にか成長していた異世界エルフに、私の心は暴《あば》かれてしまった。

断言しよう。

一ノ瀬由奈《わたし》は異世界エルフ《アリエル》に、もう勝てない。

だからこれは、現代社会の先輩ヅラしてた私からできる、精一杯の負け惜しみ。

「アリエル」

「なんでしょう、ユナ」

「教えてあげる。あんたの言う〝大好き〟のことを、ヒトは〝恋〟って呼んでるの。ヒトが持ちうる気持ちの中で、最も素敵なもののひとつだって言われてるんだ」

「ホォー」

「ネットに載《の》ってた？」

「いっぱい載っていましたが、よく分からなかった気持ちです。これが、恋なのですね」

「うん。だけど、ひとつだけ気を付けて」

「はい？」

「自分で認めていない気持ちのことは、恋って呼んじゃいけないの」

「ホォー!!」

アリエルは底抜けに眩《まぶ》しい笑《え》みを浮かべて、長い両耳をぴんと跳ねさせる。

そして一切の悪気がないように、返す刀で私の心を突き刺した。


「では、今この瞬間、ユナはシノブに恋をしたのですね？」

……一ノ瀬由奈《わたし》は、区役所福祉生活課支援第一係が誇る優等生のつもりでいた。

人に愛され人に好かれ気遣いを欠かさない、気持ちを汲《く》むのが上手な大人のつもりでいた。
だけど、いや、だからこそ。
もうこれ以上、自分の気持ちを、欺き続けることはできない。

「そうね」

「私、忍《しのぶ》センパイに、恋してたみたい」

第五十三話　エルフと大暴露

区役所の騒動から二日後、九月十九日水曜日、午後九時四十九分。

一ノ瀬由奈《いちのせゆな》はかれこれ小一時間、己の自宅で、己のスマートフォンと向き合っていた。

画面に表示されているのは、御原環《みはらたまき》から送られた、未読スルー状態のメッセージ。


『由奈さんこんにちは』

『こんとものよ』

『ミスですすみません』

『今度お時間あるときに、一緒にご飯を食べていただけませんか?』


別に由奈も『あ、環ちゃん〝ど〟を失敗して〝とも〟になっちゃったんだ。フリック入力だとよくあるよね。わかるわかるー』などと無為な妄想に時間を費やしているわけではない。

気の毒と言うべきか、自業自得と言うべきか。

今の一ノ瀬由奈は異世界エルフの働きかけにより、これまで自らが中田忍《なかたしのぶ》に行ってきた、好きな娘《こ》にちょっかいを掛けずにいられない男子小学生のようなアプローチの恥ずかしさを、はっきりと自覚していた。

また、一般社会人レベルの想像力を持ち合わせているし、自分のことはともかく他人のことはしっかり見られるタイプの大人なので、御原環がいずれ忍に懸想するであろう、あるいは既《すで》にしている可能性ぐらい、当然予測済みであった。

ついでに言えば、由奈は環の前で『子供の世界は狭い』だの『好意の先に恋愛があるとは限らないし、嫌悪の先に拒絶があるとも限らない』だの偉そうに恋愛論を語った挙句、忍のことを『好き嫌いって言うか、生理的に無理』とまで言い切った経緯がある。

「……最悪」

もはや由奈にとって、御原環はただの女子高生ではない。

由奈が独自に心の中で作成した『一生顔を合わせたくない相手ランキング』第一位に君臨する恐れるべき存在、言い換えればあまりに恥ずかしいため絶対会いたくない相手なのだ。

ちなみに恋愛当事者の中田忍には、取り乱した件を謝った結果、普通に許された。

一応取り繕うことに成功しているため、ランキング自体は第二位で収まっている。

中田忍、鈍感クソロボットの面目躍如《めんもくやくじょ》であった。

ただ、こうも事態がスムーズに解決したのは『何も聞いちゃダメ。由奈ちゃんが戻ったらとにかく許して、後はすべてを忘れなさい』という真理の脅迫に近いお節介《スーパーアシスト》があったためなのだが、それを由奈が知ったところで幸せにならないし、教える人もいないのでひとまず流す。

「……」


それだけではない。

一ノ瀬由奈《いちのせゆな》は既《すで》に、中田忍《なかたしのぶ》への恋愛感情を、己のものと認めている。

忍に伝えず握り潰《つぶ》すにしても、何かの間違いで忍本人へ伝えるにしても、まずは環《たまき》に義理を通してから決めるべきであろう。

そしてそれは、環のほうでも同じようなことを考えているはずなのだ。

メッセージにある『一緒にご飯』がそれと察する程度の聡《さと》さは、まだ由奈にも残っている。

ならばこそ、逃げることはできない。

どれだけ嫌《いや》だろうと苦しかろうと、小狡《ずる》い真似《まね》には手を出さない。

それが、もはやただの恥ずかしい二十七歳と化してしまった一ノ瀬由奈のプライドを守り通せる、唯一の大人らしいやり方であった。

——女同士、一対一。

——やってやろうじゃないの。

己のためにも、環のためにも、いつまでも逃げてはいられない。

由奈は決意の表情で、スケジュール帳を片手に、返信の準備を始めるのだった。

◇　◆　◇　◆　◇　◆　◇

二日後の金曜日、九月二十一日、午後六時三十三分。

ここは、とある幹線道路沿いのお好み焼きチェーン店。

熱気躍る漆黒の鉄板の上には、いざ焼き上がらんとする定番ミックス玉が鎮座していた。

「ほんとお父さん、こういうことばっかりじょうずなんだよねー」

「星愛姫《ティアラ》、人を褒めるときに皮肉を交えるんじゃない。ノブみたいになっちゃうぞ」

「えっ。やめます。お父さんすごい。かっこいい」

「よしよし。星愛姫は賢いな」

どこか笑顔のひきつった若月徹平《わかつきてっぺい》と、楽しそうに笑う若月星愛姫。

テーブルを挟んだ向かい側には、申し訳なさの化身と成り果てた御原《みはら》環と、困惑の渦中を彷徨《さまよ》う一ノ瀬由奈が並んで座っている。

繰り返すが、ここは、とある幹線道路沿いのお好み焼きチェーン店。

家族連れにも嬉《うれ》しい、食べ放題二時間一九八〇円（税抜）コースなのであった。

「ね、ねえ、環ちゃん？」

「は、はい、なんでしょう」

「……今日って、私と環ちゃんのふたりでご飯じゃなかったの？」

「あ、いえ、その予定だったんですけど……」

「……」

「……」

「……環《たまき》ちゃん？」

「……い、一応、徹平《てっぺい》さんたちも呼んだほうがいいかなって!!」

「あ、うん、そっか一応ね、一応!!」

「はい一応！　一応!!」

「あはははははは」

「あははははは」

笑い合う由奈《ゆな》と環。

蚊帳《かや》の外の徹平は、心を殺して次に焼くタネをかき混ぜ続けている。

「お父さん」

「どうした」

「わたしたちは、なにかのよびでよばれたの？」

「いいや、星愛姫《ティアラ》はスタメンだよ」

「フルしゅつじょうできる？」

「もちろんだ」

「わーい！」

880

できれば今すぐ退場したい、スーパーサブの徹平《てっぺい》であった。

◇◆◇◆◇◆◇

ジュゥウウウ　ウ　ウ　ウ　ウ　ウ

チーズ入り豚玉《にまいめ》に塗りたくられた濃いめの辛口ソースの上を、マヨネーズが疾走し、鉄板にこぼれた分が香ばしい薫《かお》りとともに跳ねた。

「ふんっ」

ガッ　クルッ　パタン

チーズ入り豚玉《にまいめ》の仕上げの片手間に、スジ牛玉《さんまいめ》をくるっと半回転。

形が崩れることも、具材が飛び散ることもなく、綺麗《きれい》なきつね色の焼き面が姿を現す。

料理の中でもパリピメニューだけは大得意、若月《わかつき》徹平の本領発揮である。

「お父さんクール！　お父さんクール‼」

「へへ、なかなかのモンだろ」

「良かったね、星愛姫《ティアラ》ちゃん。お父さん凄《すご》いねぇ」

普段こまっしゃくれた幼女の星愛姫も、このときばかりは徹平《オヤジ》を尊敬。

幼女をダシにこの場をうやむやに収めたい由奈《ゆな》も、漠然と不穏な気配を察し、この場をうやむやに収めたい徹平も、星愛姫の自然体なリアクションを無駄に盛り上げている。

実に平和な食事風景であった。

「ね！　たまきおねーちゃん!!　クールだよね！　お父さんクール!!」

「うん、ダディクールだね、星愛姫ちゃん」

環《たまき》は満足そうに頷《うなず》いて、食べ放題で頼んだ焼きたてベーコンシーザーサラダをひと口。

お好み焼き食べ放題のカロリーが気になる十七歳女子高生、せめてもの無駄な抵抗であった。

――ホントは、由奈さんとちゃんと話をしたくて、セッティングしたお食事会。

――寸前で怖気付《おじけづ》いて、徹平さんと星愛姫ちゃん呼んじゃったけど。

――これはこれで、悪くないかな。

良いか悪いかで論ずれば最悪だし、環の抱《かか》える問題も何ひとつ解決できていないのだが、環を責めても仕方あるまい。

いくら歳《とし》の割にしっかりしていても、御原《みはら》環は普通の、いや精神的引きこもりの女子高生。

敵《かな》う見込みのない恋敵《ライバル》へ宣戦布告するにも、自らの慕情を他人の前で口に出すことにすら、命を懸けるような度胸と勇気が要りようになるのだ。

――思ってた形じゃないけど、とりあえず行動は起こせたんだから。

――ちょっとずつ、ちょっとずつ、ゆっくりでも。

——私にできることを、精一杯……


「ところでお父さん」

「どうした星愛姫《ティアラ》」

「しのぶおじちゃんとアリエルおねーちゃんは、まだこないんですか？」

カンッ
虚を突かれた徹平《てっぺい》の手から、コテがこぼれ落ちる。

あまり放っておくと鉄板に熱され、持ち手までアツアツになってしまうので早めに拾ったほうがいいのだが、気にしていられる状況ではない。

「ねーねー、お父さんー」

「きょ、今日はノブもアリエルちゃんも来ねぇよ。なぁ環《たまき》ちゃん」

「あ、ええ、あ、はい。呼んでません。今日は」

「どうして？　みなさんは、しのぶおじちゃんをちゅーしんとしたあつまりのはずですよね？」

「と、友達の友達は、友達になれるんだよ、星愛姫ちゃん」

無邪気な星愛姫の問いには、威迫も悪意もなんにもない。

故《ゆえ》に。

「ふーん。コイバナするから、わざとよんでないのかとおもっちゃった」

ヤバいのであった。


「だっだだだだっだだだだっだだだだっどうしよう」

内心の動揺をどうにか抑え、なんらかのごまかしの言葉を並べたかったが、〝だ〟から始まるごまかしの言葉が思い付かなかったため、結局内心を吐露してしまう御原《みはら》環。

気の毒な話である。

「星愛姫、そういうナイーブなネタは当事者に振らないのがマナーなんだぞ」

「えー。でもガールズトークはあいてのオトコがいないところがベストだって、お母さんがおしえてくれたんだよ？」

「知ってるからってなんでも口にしちゃ駄目だ。いつかどこかで誰《だれ》かを泣かせるぞ」

「せっかくおべんきょうしたのに、だめ？」

「ああ。ノブみたいになっちゃうぞ」

「え……やめようかな」

やや及び腰となる星愛姫。

両親へのヘイトを上げないまま正しい情操教育を施せるため、若月《わかつき》家において度々濫用《らんよう》されているしつけの手法であり、本日二回目でも中田忍《なかたしのぶ》はやっぱり凄《すご》い。

「だけど、ゆなおねーちゃんもたまきおねーちゃんも、すこしききかんをもつべきでは？」

「……私？」

「へぶっ!?」

由奈《ゆな》も内心動揺しているものの、なんとか大人らしさの仮面で急場を凌《しの》ぐ。

環《たまき》のほうはもう、仕方あるまい。

「おい、星愛姫《ティアラ》――」

「お父さんはだまってて」

五歳児の牽制《けんせい》に気圧《けお》され、思わず言葉を失う三十二歳の世帯主。

早織《さおり》譲りの剣幕を垣間見《かいまみ》せた星愛姫を畏《おそ》れるべきか、子供の声にも真摯《しんし》に耳を傾ける徹平《てっぺい》を称《たた》えるべきかは微妙なところだし、そもそもこの席の人間たちにそんな余裕はなかった。

「ようちえんレベルのラブじじょうしかしらない、わたしがいうのもなんですが……アリエルおねーちゃんは、おっぱいおっきいし、やわらかいし、いいにおいするし、やさしいし、つきあいもいいし、ものおぼえもよいので、しのぶおじちゃんみたいなじこちゅーせわずきタイプとは、いいところとわるいところがじょうずにかみあって、おたがいのゾーンをじゃましないから、きっかけさえあればとんとんびょうしなんだよ」

「……それもお母さんが言ったのか」

「ううん。わたしてきなこうさつ」

若月《わかつき》星愛姫は、かつて人力飛行機《トビケン》サークルのマドンナだった若月早織の娘であり、齢《よわい》五歳にして幼稚園の男児に奪い合われているおませな小悪魔だ。

由奈はともかく環よりも恋愛遍歴は豊富であり、その分析もまた、ある意味で物事の本質を突いているのだった。

「とにかく、そんなアリエルおねーちゃんがしのぶおじちゃんとひとつやねのしたなのです。なにかしらてをうたないと、まにあわなくなっちゃうのでは」

「……気持ちは有難いけどね、星愛姫ちゃん」

星愛姫の言葉を遮《さえぎ》るように、一ノ瀬《いちのせ》由奈が動く。

反射的に庇《かば》おうとする徹平だったが、その動作と表情に害意がないことを見て取り、ぐっと我慢し動きを止めた。

「忍センパイに限って、そういう心配はいらないと思うな、私は」

「そんなことないよ。しのぶおじちゃんだってオトコだもん。ちょっとてのだしづらいびじんより、まいにちかおをあわせる、あいそのいいかわいいこをえらぶにきまってます」

「男だけど、忍センパイだもの。近くにいるからとか、可愛《かわい》いからとか、気が合うからとか、そんなことで人を好きになったり、嫌いになったりしないよ」

「そんなことないもん。オトコはたいていいそうだって、ヒトミせんせいがいってたもん」

「たいていって言うのは、十人いたら八人くらいはそうかもね、って意味の言葉だよ。たとえば男の人を百人集めてきたら、ひとりでも忍《しのぶ》センパイと同じような変わり者、いると思う?」

「……いない！　ぜったい!!」

「でしょ」

「やっぱりしのぶおじちゃんはこせいがすごい。すこしはなれてみまもりたいタイプ」

「うんうん。流石《さすが》に見る目あるね星愛姫《ティアラ》ちゃん」

「えへへー」

ご機嫌の星愛姫は、先程までの話など忘れたかのように、由奈《ゆな》との歓談に興じている。

徹平《てっぺい》は神妙な表情で自身のスマートフォンをいじっており、恐らく早織《さおり》と〝ヒトミせんせい〟とやらのクラスから組替えさせて貰《もら》えないか検討を進めているに違いなかった。

そしてパニックを脱し、由奈と星愛姫のやりとりをひと通り見届けた環《たまき》は、堪《た》えられなくなりそっと席を立つ。

自らの動揺を、悟られないために。

——由奈さん。

——なんてことのないように、躱《かわ》してましたけど。

——忍さんへの好意自体は、否定しないんですね。

◇　◆　◇　◆　◇　◆　◇

それから三時間後。
自宅でひとりソファに掛ける忍は、スマートフォンで徹平のメッセージを受け取っていた。

『ってワケでよ』
『四人でお好み焼き食ってきた』
〝珍しい取り合わせだな〟
『まーな』
『ノブも来たかった？』
〝妊娠している早織の手前、誘うべきでないと考えていたが〟
〝耳島《みみじま》の件の礼も含め、ゆっくり呑《の》みたいとは思っていた〟
『おう、それは近々やろうぜ』
〝ああ〟
『ところでさ』

『一ノ瀬《いちのせ》さんと環《たまき》ちゃん』

少しの間。

〝どうした〟
『いや』
『やっぱいいわ』
〝感心せんな〟
〝書きたいことがあるならはっきり書け〟
『ノブ風に言うと、書きかけて書くべきでないと判断したから書かねーの』
〝そうか〟
〝ならば仕方あるまい〟
『納得しちゃうのかよ』
〝して欲しくないのか〟
『しといてくれ』
〝ふむ〟
〝ところで、その会にアリエルは呼ばれていたのか〟

『呼んでねーみたいだったけど』

『なんで？』

〝俺の帰宅時点で不在だった〟

〝今も姿が見えない〟


かなりの間。


『ヤバくね？』

『ってかいつもの就寝時間、とっくに過ぎてんじゃん』

〝特に慌てるべき状況ではない〟

〝インターネットの解禁に合わせ、就寝時間等を含めた俺からの生活制限はほぼ撤廃した〟

〝平日のパートへの出退勤もひとりでしているし、暇潰《つぶ》しの外出も頻繁にしているようだ〟

『あ、そうなん？』

〝夜の散歩も好きにやらせているので、不在自体は珍しくない〟

〝ただ、今日は少し帰りが遅いようでな〟

『あんま帰ってこないようなら言ってな』

『俺も捜しに出るから』

〝心強い限りだ〟

〝万一のときは宜《よろ》しく頼む〟

『おうよ』

◇◆◇◆◇◆◇

同じ頃《ころ》。

暗い丘の上には、強い風が吹いていた。

木々が葉を震わせ合い、枝をきしませ、不気味にざわめく。

その中で、異世界エルフ《アリエル》はひときわ大きな樹の傍に立ち、ごつごつとした幹に手を触れる。

温度も脈動も感じられない、されど確かに息づく生命。

「この樹は、なんの樹なのでしょうか」

異世界エルフの問いに、答える者はいない。

◇◆◇◆◇◆◇

お好み焼き食べ放題から二日後の、九月二十三日日曜日、午前九時十五分。

市内有数のターミナル駅に直結したタワーマンションへ居住している御原環《みはらたまき》は、普段ならあまり足を向けない、駅から少し距離のあるコンビニエンスストアで人を待っていた。

理由は簡単。

急遽《きゅうきょ》遊びの約束を取り付けた〝年上の友人〟があまり運転に慣れていないと言うので、車が停められるコンビニエンスストアの駐車場で待ち合わせる手筈《てはず》になっているのだ。

加えて『ボクは時間にルーズだから、待ち合わせ時刻より後に来てよ』とも言っていた。

無論、根が真面目《まじめ》な上、無理に誘いを入れた側の環にそんなことはできず、待ち合わせ時刻の五分前にコンビニへ到着し、既《すで》に二十分待ちぼうけを食らっている。

以上の条件を総合的に勘案すると、ふたりの待ち合わせ時刻は午前九時だったことになる。

これが論理的な思考というものであった。


と。

ブロロン　ォォン　ブロロロロォン

繰り返すが、駅から少し距離のある、コンビニエンスストアである。

人通りも多くなければ道幅も狭い、なんなら属性としては閑静な住宅街に近いそこへ、車体の前面に一枚、両側面に各一枚、そして後方に一枚の合計四枚初心者《わかば》マークを貼《は》り付けた、エンジン全開の宵闇色《ダークレッドマイカ》なオープンカーが飛び込んでくれば、誰《だれ》もが若干イヤな顔をしてなるべく車両の進行方向に立たないよう自衛を図る。

妥当であろう。

しかし御原環《みはらたまき》は、この奇怪極まる車両のドライバーこそ、己の待ち人だと確信していた。

環が待つその相手は、〝あの〟中田忍《なかたしのぶ》と互角以上に渡り合える、豪胆の傑物なのだから。

オォン　オォン　ブロロロロロロロ

宵闇色《ダークレッドマイカ》のオープンカーは環の隣に横付けしようとし、目測を誤って2メートルほど離れた位置で止まってしまうが、ドライバーは涼しい顔でアイドリングを続け、環を手招きする。

「黄昏から黎明まで《フロム・ダスク・テイル・ドーン》。カラーが渋いだろ？」

そして右の親指と人差し指でピストルを作り、芝居がかった所作で天を撃つ。

周囲の車に迷惑が掛かるので、環は特に相手をせず、急いで助手席へと乗り込むのだった。

からあ

環《たまき》の待ち人であったドライバーの正体は、前澤美羽《まえざわみう》。

志半ばで病に倒れた祖父の無念を晴らすべく、小学生当時に大学へと侵入し、在学中の天野《あまの》椿《つばき》や中田忍《なかたしのぶ》らとともに人力飛行機《トビケン》サークルを造り上げた〝元凶〟である。

本年五月に行われたOBOG会《はるかい》をきっかけに環と親交を深めたこと、今は二十歳の女子大生として、三十二歳の天野椿と適法に交際していることを、ここで改めて明らかにしておく。

コンビニエンスストアの駐車場を脱出し、鎌倉《かまくら》街道を下る宵闇色《ダークレッドマイカ》のオープンカー。

首から上を正面に固め、眼球だけでせわしなく左右背後の安全確認を繰り返す前澤美羽は、殊更《ことさら》余裕ぶった口調で、助手席の環へと語り掛ける。

「どこか行き先のリクエストはあるかい」

「えっ、と……」

「一応、高速道路はお互いの安全のためにナシで頼むよ。規制標識がやたら多い東京のほうとかは御免被るね。できれば二車線以上の道路は避けたいし、可能なら右折はやりたくない」

「……ホームセンターの駐車場を、ひたすら左回りし続けるとか？」

「立体駐車場は閉塞感があって緊張する。あとオープンカーなのに風を受け辛《づら》くて暑い」

「行き先はともかく、とりあえずこの……屋根閉めませんか？」

「それではクローズカーになってしまうが、構わないかい」

「もちろんです」

「いいだろう。しかし開閉スイッチは停車中しか動かせない。路肩駐車は苦手だから、どこかボクでも入れそうな駐車場を見付けたらでいいだろうか」

「なんで今日車で来ちゃったんですか……」

ツッコミ許容ポイントが『急に予定を合わせて貰《もら》った申し訳なさ』ポイントの閾値《しきいち》を超えたため、無礼を承知でツッコミを入れる環であった。

しかし美羽は、存外真剣な雰囲気で環へと応じる。

視線を送らず雰囲気だけ見せたのは、運転中に横を向くと危ないからだ。

「理由なら、大きく分けてふたつある」

「はあ」

「ひとつはこの車さ。忍がいつの間にか自家用車を買ったと聞いて『ボクたちも車を買い替えようよ椿～!!』と甘え倒しまくった結果手に入ったこの車を、環君に自慢したかったんだ」

「……」

「もうひとつはもっとシンプルでね。環君のしたい話は、周りに聞かれたくないんだろう?」

「えっ」

環が肩を震わせた雰囲気を察し、美羽は芝居がかった笑《え》みをこぼした。

「的中《ビンゴ》、かな?」

「……どうして、分かったんですか?」

「こう見えてボクも、二十歳《ハタチ》のお姉さんだからね。その辺のお作法は理解してるつもりさ」

「……」

「とりあえず海でも目指そうか。信号も少ないし景色も良いし、何より駐車場がどこもいい感じに広いから、ボクも安心できそうなんだ」

「……それで、お願いします」

「ん」

ブロロン　オオン　ブロロロロォン

◇◆◇◆◇◆◇

暫《しば》し後。

誰《だれ》にも聞かれないクローズカーの車上でひと通り話を終えた環《たまき》と美羽《みう》は、美羽の休憩《ドライバー》も兼ねて、国道134号線沿いにある、海の見えるカフェテリアのオープンテラス席にいた。

普段の環なら〝陽〟の波動を畏《おそ》れ近寄れもしないところだが、ふたり連れだと勝手も違う。

それを差し引いても今の環に、周りの些末事《さまつごと》を気にしている余裕はなかった。

「どうでしょう、美羽さん」

「確認するけどさ」

「はい」

「環君は、中田忍《なかたしのぶ》のことが好きで、愛していて、特別な関係になりたいと考えているんだね？」

「はい」

「だけど周りのライバルが強力過ぎて、正攻法で挑んでいたら間に合わないと」

「はい」

「今日ボクに話したかったのは、それを覆すにはどうしたらいいかって相談なんだね？」

「はい」

「このボクが、君の身近な人々を飛び越えて、誰にも明かすことなく、ふたりきりでこんな相談されているってことはだよ。それはもうつまり、慰めとか応援とかそんな甘ったるいモノじゃなくて、本気《ガチ》で本気《マジ》のアドバイスが欲しいって理解でいいんだよね？」

「はい。その通りです」

「そうだよねぇ……」

美羽は眉根《まゆね》に深いシワを寄せ、仰々しく溜息《ためいき》を吐《つ》いた。

芝居がかっていて鬱陶《うっとう》しいが、その心中を考慮するに、ある程度は仕方のない話であろう。

「ボクもね。せっかく仲良くなれた年下の友達に、嫌《いや》な思いはさせたくないんだ」

「大丈夫です。覚悟はできてます。泣いたり喚いたりしませんし、美羽《みう》さんのことを恨んだりもしません。必要なら、先に誓っても構いません」

「……」

「……」

「……本当に、いいの？」

「……お願い、します」

環《たまき》の真《ま》っ直《す》ぐな視線を受け、美羽はばつが悪そうに、クラフトレモネードをひと口。

甘ったるくて、酸っぱくて、最後は呆《あき》れるほどに苦かった。

「ボクもトビケンを拓いた女として、中田忍《なかたしのぶ》の知己として、君に頼られた立場だから、その責任を全《まっと》うするために、はっきり言わせてもらうけどさ」

「はい」

「無理だね」

「……」

「無理、無理無理無理ほんとに無理。万に一つの見込みもない。この世に絶対はないってよく言うけど、絶対と同質の意味で断言させて貰《もら》う」

「君が中田忍に異性として愛される可能性は、ゼロだよ」

泣きそうな環の渋面を前に、もっと泣きそうになる美羽であった。

言動こそ忍の影響でこまっしゃくれてはいるが、その内心には歳《とし》相応の柔らかで温かな、ヒトらしい感情を持ち合わせているのだ。

「フォローのつもりじゃないんだけどさ……フォローとか言っちゃったけどさ。ほんと、環君に何か問題があるとかじゃなくて。相手が悪かった……うーん……とにかく忍が悪いよ」

「忍さんは悪くないですよ。誰《だれ》がいいとか悪いの話じゃないんだと思います」

気丈に言葉を紡ぎながらも、暗い表情のまま俯《うつむ》く環。

美羽は大きく溜息《ためいき》を吐《つ》き、環へと向き直る。

「……この前、映画観《み》に行ったときに聞かせて貰った、浮気して出てったお母さんの話と、お母さん譲りのえっちな身体《からだ》に悩んだ話。忍はどれくらい知ってるの？」

「初めてお会いした頃《ころ》に、少しお伝えしました」

「その後は？」

「忍さんだって聞かされても困るだけでしょうし、私もあんまり言いたくないというか……」

「同情で愛されたくないから？」

「……はい」

「嫌《いや》な言い方になっちゃったのは、ごめん。でもそれなら、忍《しのぶ》が環君《たまき》にいやらしい視線を向けないのは、事情を知って環君を気遣ってるっていうより、純粋に、一欠片《かけら》の下心もなしに、環君との友達付き合いを完成させてるだけ、って見たほうがいいよね」

「……そうですね」

「大人で優しい、なんて表現すれば聞こえはいいけどさ。裏を返せば、そもそも恋愛対象《じょせい》として見られてないって考え方もできる。ボクの知る忍の挙動を考えると、多分後者だと思う」

美羽《みう》の言葉がいちいち辛辣《しんらつ》なのは、もちろん環を傷付けるためである。

傷付いて傷付いて、それで折れてしまえるなら、環にとってこれほど楽なことはない。

無論、そうできないからこそ、環は美羽にまで頼らざるを得なかったのであって。

美羽もそれを理解した上で、傷付けずにはいられないのだが。

「それは、私が子供だからなんでしょうか」

「そうとも言えるし、違うとも言える。少なくともボクの知る忍が、未成年の子に手を出すなんて可能性はゼロだよ。かと言ってこのまま環君が成人《おとな》になっても、恋愛対象にはなり得ないだろう。『子供の頃《ころ》の想《おも》いを神格化して引き摺《ず》っているだけだ』とかなんとか言ってさ」

「……じゃあ、私は」

「環君がどうにかできる話じゃない。強《し》いて言うならやっぱり、相手が悪かったってトコロ」

言葉を慎重に選びながら、なるべく傷付けないよう、なんとか傷付けてやろうと思い悩む、優しい美羽である。

美羽にしても、言ってしまえば楽になるのだ。

『諦《あきら》めろ』と。

『何をやっても無駄だ』と。

『これ以上傷付く前に、新しい恋を探せ』と。

想うことそのものを辞めさせれば、それですべてが解決するのだ。

だが美羽には、それができない。

そして環も、それを知っている。

知っているからこそ、環は美羽を頼ったのだ。

「美羽さん」

「なんだい？」

「ごめんなさい。私が美羽さんを相談の相手に選んだのは、トビケンの創始者だからでも、忍さんの過去を知る方だからでもないんです」

「……」

「美羽《みう》さんは十年近く前、まだ小学生の頃《ころ》から、当時大学生だった天野椿《あまのつばき》さんと交際を始められたと聞いてます」

「まあ……そうだけど」

「十歳以上の歳上男性を狙う、未成年の子供。

条件、同じですよね。

むしろ美羽さんのほうが、よっぽど条件厳しかったですよね」

「……そっ」

——そんなこと、あるものか。

——相手に人間的な感情が存在する分、ボクのほうがよっぽど簡単だった。

などと、冗談で切り返すつもりだった。

しかし。


「……」


美羽の背筋に、悪寒が走る。

鬼気迫るばかりの迫力に、身体《からだ》が震える。

もう冗談では済ませられない、御原環《みはらたまき》の本気が見える。

「美羽さん、教えてください。小学生の前澤《まえざわ》美羽は、どうやって天野椿を堕としたんですか？」

「……成程、ねぇ」

片目を瞑《つむ》ったまま、片手で頭を抱《かか》える美羽。

だが、その芝居がかった仕草に、非難や不快の色は見て取れない。

「最初から、そっちがメインだったってこと？」

「……実は、そうなんです」

「ふぅん」

「怒らせちゃいましたよね。すみません」

「いやいや全然。むしろなんでボクが怒るの」

「踏み込んだら失礼な領域に、踏み込んじゃうような気がして」

「……まあ、その通りではあるんだけどさ」

「じゃあ……」

「でもイヤじゃない。踏み込まれたくはないけれど、本気でイヤって訳でもないんだよ」

「そうなんですか？」

「うん」
語る美羽《みう》の言葉は、環《たまき》への気遣いでもなんでもない。
心の底から湧《わ》き上がる、前澤《まえざわ》美羽の本音だった。
何故《なぜ》なら、覚えがあるのだ。
何故なら、忘れられないのだ。
追いつけない焦燥《しょうそう》。
置いて行かれる恐怖。
届かない絶望。
そして。

想《おも》いが結ばれた日の、たとえようのない歓喜。

美羽の内に巡る、遠い日々の思い出。
そして目の前には、叶《かな》わぬ想いに惑い続ける、歳下《とし》の可愛《かわい》らしい友人。
まるでかつての自分と、くっきり重なるかのように。

ならば。

美羽の答えは、決まっている。

「ボクからアドバイスを受けたってことは、周りにはナイショで頼むよ。恥ずかしいからね」

「……はい」

それが正しいのか、間違っているのか。

幸せな結末のためになるのか、そうでないのかは、分からないけれど。

前澤美羽は、迷える御原《みはら》環のために、懐かしい想《おも》い出《で》を辿《たど》り始める。

◇◆◇◆◇◆◇

それから六日後、九月二十九日土曜日。

午後十時三十七分、夜も更けに更けた中田忍《なかたしのぶ》邸、リビングダイニングにて。

御原環は、修羅の表情の中田忍と対峙《たいじ》していた。

「本気で帰らんつもりか、御原君」

「お許しがいただけるなら、そのつもりです」

「ふむ」

忍《しのぶ》は俯《うつむ》き、暫《しば》し黙考する。

これが耳島《みみじま》以前のように、異世界《アリ》エルフ《エル》と遊び惚《ほう》けた後、帰りたくないと上目遣いを向けて来るなら分かり易《やす》いし、同時に突っぱねやすいところなのだが。

誕生日と痴漢の一件以来、久しぶりに遊びに来たかと思えば、これである。

なおかつ、ここまで真剣に許可を求められるようでは、いかに鈍感クソロボットの中田《なかた》忍と
はいえ、何かを感じずにはいられない。

「事情と理由次第では、宥恕《ゆうじょ》を検討したいと考えるが」

「〝ゆうじょ〟ってなんですか?」

「罪を寛大に赦《ゆる》すことだ」

「……それでも、理由は言えません」

「そんな話が、俺に通ると思っているのか」

「時が来れば、必ずすべてをお話しします。だから今日は、何も聞かず私を泊めてください」

「順序がまるで違うだろう。俺はひとりの大人として、青少年たる君に無為な外泊を許すわけにはいかん。それを否定し曲げるつもりならば、先に検討材料を供出して貰《もら》いたい」

「よいではないですか、よいではないですか、シノブ」

時代劇の腰元のようにくるくる回りながら、ふたりの間へ割り入る、我らが異世界《アリ》エルフ《エル》。

もちろん着物を着ている訳ではないし、帯も巻いてはいないのだが、笑顔で両手を上げくる

くる回転移動する様は、かわいい。

「実のところアリエルも、タマキに教えて欲しいことが溜《た》まっていたのです。ちょっとだけ夜更かしをしてグッスリ眠れたほうが、最終的にはアリエルの健康にもヤサシー」

「……そうか」

忍の態度が僅《わず》かに緩むのを、環《たまき》は感じ取っていた。

そしてそれが忍の甘さではなく、環の風紀を正す必要性と、異世界エルフ《アリエル》が自発的な意見を述べた事実を評価し、より良い結果を求める打算であるとも、しっかりと理解していた。

◇◆◇◆◇◆◇

シュッ　シュッ　シュッ

深夜、午前二時三十七分、中田忍邸の洗面台。

「……」

環は使い慣れないリップを引き、重く甘ったるい香水を纏《まと》っていた。

いずれも美羽《みう》に相談した後、ネット経由で購入した、いかにも男ウケしそうな代物である。

購入履歴を残したくなかったので、コンビニでカードを買い、新規アカウントで購入した。

注文確定しただけで頭がフットーしかけていた環《たまき》だが、今はこれに頼らねばならない。

本当ならシャワーも浴び直したかったし、髪も洗い直したかったが、この時間である。

音を立てるリスクは全般的に避けたいし、生乾きの髪が邪魔になるのもできれば避けたい。

――アリエルさん、絶っ対起きてたよね。

先刻、アリエルとふたりで寝ていたベッドから抜け出したときのことを思い出す。

熟睡時、異世界エルフ《アリエル》の耳はパタリと目に張り付くと聞いたが、耳はピンと立っていた。

恐らくは、環が何か企んでいるのを察し、気を利かせてくれたのだろう。

〝秘密の対価〟の延長上、追加サービスとでも言ったところか。

――多分。

――何をするかまでは、バレてないと思うんだけど。

「……」

――それでも。

――私には、これしかないから。

写真の記憶しか残っていない、実の母親《あのおんな》の姿を思い出し、口角を上げて笑顔を作る。

だらしない、抱き心地の良さそうな肉付き。

触れれば吸い付きそうな、瑞々《みずみず》しい素肌。

他に喩《たと》えようのない、匂《にお》い立つ色気。

——ほんと、そっくりだ。
涙がこぼれ落ちそうになるのを、必死で堪《こら》える。
不器用なりに頑張ったお化粧を、涙の跡で汚したくなかった。
——『今からでも全然早くないから、本気で覚えなさい』
由奈《ゆな》に化粧を教わったときのことを思い出し、環は無理矢理微笑《ほほえ》んだ。
逃げ出したくなる情けなさと、裏切りの痛みと、これからすることへの恐怖とを。
すべて呑《の》み込んで、微笑んだ。

——アリエルさん。
——ありがとうございます。
——由奈さん。
——ごめんなさい。

——ごめんなさい。

◇◆◇◆◇◆◇

来客が異世界エルフ《アリエル》と添い寝する際、忍《しのぶ》はひとり、ベランダに面した和室で寝る。

だから環《たまき》も、襖《ふすま》をそっと引き、内へと入る。

スーッ　カタン

「誰《だれ》だ」

「私です、忍さん」

「……ふむ」

起き上がる気配。

神経質で眠りが浅そうなイメージの忍が起きてしまうのは、環としても想定済みなので、それほど慌てずに済んだ。

そして何より、今の室内は真っ暗なので。

まだ忍には、本当の目的を気付かれていないはずだ。

「泊めていただいた理由、お話しに来ました」

「まだ夜中だろう。今日が日曜日とは言え、平日からの生活リズムを崩したくない。なるべく早くと気を遣ってくれたのだろうが、話は朝にして貰《もら》えないか」

「ダメです。今じゃないとダメなんです」

「……」

忍の声が途切れる。

環の豊満な胸の鼓動が、はち切れんばかりに高まる。


——今しか、ない。

けれどやっぱり、灯《あか》りを点《つ》けるほどの勇気は、出せなかったので。

シャアアア　アッ

代わりにカーテンを開く。

差し込む月光が、室内を照らす。

「……」

忍は驚愕《きょうがく》に表情を歪《ゆが》め、絶句するほかなかった。

環が纏《まと》っていたのは、ネット通販で密《ひそ》かに手に入れた、パステルピンクのいやらしい下着《ベビードール》。

肩から鼠径《そけい》部辺りまでをうっすら隠しているようで、目を凝らせばそれ以上が見えている。

ただでさえ煽情《せんじょう》的な女子高生の身体《からだ》を、より淫《みだ》らに、蠱惑《こわく》的に演出していた。

「どういうつもりだ、御原君《みはら》」

「そんなの、決まってるじゃないですか」

「夜這《よば》いに来ました」


「抱いてください、忍《しのぶ》さん」


目線を逸《そ》らしたのは環《たまき》のためか、或《ある》いは自分自身のためか。

忍は不機嫌を隠さない声色《こわいろ》で、実質半裸《ベビードール》の女子高生へと語り掛ける。

「冗談や気の迷いでは済まんことを、理解しているのだろうな」

「そのつもりです」

「……」

夜這い、いや婚《よば》いの仕組みと作法ぐらいは、中田《なかた》忍も知っていた。

異性の寝床に忍び入り、主に性交《セックス》を通じて情を通じ合わせる、原始的で儀礼的な愛の交歓。

無論、ヒト同士の営みである以上、上手《うま》くいく場合も、失敗する場合も存在する。

よって歴史上の婚いは、予《あらかじ》め当事者同士での申し合わせが作られていたり、家族や共同体《コミユニテイ》レベルでの根回しがあった上で、初めてまともに機能していたという見方もある。

環が突然奇行に走った理由を、忍はもちろん理解していない。

だが、大人びていながらも歳相応《としそうおう》の未熟さを併せ持つ環が、なんらかの理由で性に並々ならぬ関心を抱き、手近な成人男性の中田忍に対し、度の過ぎた過ちを犯したのだとしたら。


——目を覚まさせてやるのが、俺の為《な》すべき務めだ。


「ならば俺が指摘してやろう。今の君は……原因こそ知らんが、正常な判断能力を失っている。端的に言えば、君は恥ずべき過ちを犯している」

「失っていません。過ちでもありません。私は理知的な判断に基づいて行動しています」

「通路を挟みアリエルの寝ている部屋で、俺を性的に誘惑する判断のどこに理知がある」

「他に方法がないんです」

「俺を呆《あき》れさせる方法なら、いくらでも見つけられるはずだ。それこそ、昼の明るいうちでもな。今はベッドに戻るか、タクシーで自宅に帰れ。車両手配と代金ぐらいはこちらで——」

「誤魔化さないでくださいっ!!」

響く絶叫。

忍の言葉が途切れたのは、威迫されたからではなく、単に近所迷惑を心配しただけだ。

「忍《しのぶ》さん、私は真剣なんです。ちゃんと話を聞いてください。私に、向き合ってください」

「……」

忍のギアが、一段階上がる。

回転の方向性は、気遣いから叱責《しっせき》へ。

回転の速度は、激情に任せて素早く、強く。

「その格好で押し掛けて、真剣だ向き合えだとはご挨拶《あいさつ》だな。寝床に忍び入って媚《こび》を売れば、俺が喜んで食らいつくとでも思っていたのか」

「思ってました。男の人はみんな、私みたいな身体《からだ》が好きなんですよね」

「侮辱も大概にしておけよ。なんの漫画で得た知識かは知らんが、男が須《すべから》く性欲に囚《とら》われた愚鈍な獣だと考えているなら、とんでもない誤りだ。俺が君に示してきた誠意は、何ひとつ君の血肉になっていなかったようだな」

「いいえ。忍さんは私のこと、えっちな目で見ないで、真剣に付き合ってくれました。色んなことを教えて貰《もら》って、でも時々私が助けてあげることもあって、一緒にいると楽しくて。この人とずっと一緒にいたいって。一番近くにいたいって。大好きだって思ったんです」

「……君は、何を」

「大好き。

大好きですよ。

私は、中田《なかた》忍が、大好きなんですよっ!!」


薄いベビードールは下着の用をほとんど為《な》さず、月光に照らされた柔らかな素肌は、恥ずかしいまでにくっきり際立っている。

それでも、なりふり構わず、身ぶりすら交えて、環《たまき》は叫ぶ。

届かない、届く訳もない先へ、少しでも想《おも》いが伝わるように。


叫ぶ。

だが。


「君の意向は理解した」

「してません」

「俺に好意を抱いてくれたのだろう」

「違います」

「違うのか」

「ええ」

「だって今、忍《しのぶ》さんは」

「私の気持ちを、子供らしい、幼い勘違いだとか思って、どう言い含めたものかって、頭を悩ませているんじゃないですか？」

「……」

「嘘《うそ》はなしです。答えてください、忍さん」

既《すで》にいくつもの裏切りを繰り返している自分が言えた台詞《せりふ》ではないと、内心環《たまき》は自嘲《じちょう》する。

だが、今退《ひ》くわけにはいかなかった。

そもそも退く道など、もう残されてはいない。

環にも。

そして、忍にも。

「……」

「忍さん」

「……君の言う通りだ」

「じゃあやっぱり、忍さんは分かってません」

「分かっていないのは、君のほうだろう」

視線を逸《そ》らしたまま。

忍もまた、覚悟を固める。

環を傷付け突き放す、その覚悟を。

「今君が抱《いだ》いている慕情じみた想《おも》いは、第二次性徴期のもたらす過剰な脳下垂体ホルモンが見せた幻想に過ぎん。君を庇護《ひご》する大人の中でも、とりわけ接した時間の長い俺を、自己実現欲求のはけ口として求めただけだ。世間一般に言う〝愛情〟とは、根本的に性質が――」

「どうして、私を見てくれないんですか？」

今度こそ。

御原《みはら》環が、忍を止める。

何故《なぜ》なら。

ついに忍は、見てしまったのだ。

ついに忍は、向き合ってしまったのだ。

声を震わせ。
膝《ひざ》を震わせ。
体を震わせ。
月光に照らされ、みっともない衣装で、みっともない姿をさらして。
それでも、環《たまき》は。

必至に涙を堪《こら》え、真《ま》っ直《す》ぐに忍《しのぶ》と向き合っていた。

「子供扱いされてるなんて、とっくに分かってました。
相手にして貰《もら》えないだろうな、ってことも、十分理解してました。
恋じゃないかもしれない、なんて。
恋って呼ぶのもおこがましい、憧《あこが》れ未満の思い違いなんじゃないか、なんて。
何十回だって、何百回だって、考え続けてました」
「……」
「それでも諦《あきら》め切れなかったんです。
せっかく仲良くなれた、エルフのアリエルさんを利用して。
いっぱい面倒見てくれた由奈《ゆな》さんを、最悪の形で裏切って。

徹平《てっぺい》さんにも、直樹《なおき》さんにも、どう顔向けしていいか分かったもんじゃありませんよ」

「……」

「それでも！

それでも、諦められないんです!!

子供の私が、貴方《あなた》に追いつくには!!

子供の私が、貴方の視界に、女として映るためには!!

この方法しかなかったんです!!

お洒落《しゃれ》もマトモにできない、トロくてコミュ障で陰キャで、仲良しの友達もろくにいない。

なんにも持ってない私が持ってる、たったひとつ人より優れたところ。

私が一番だいっ嫌いな！

私を捨てた男好きの母親にそっくりな!!」

「私の〝女〟を武器にするしか、なかったんですよっ!!」

「……」

「これも、忍さんのおかげなんです」

「……俺の、とは」

張り付いた喉《のど》から、ようやく絞り出せた、声。

静かに頷《うなず》きを返す、環《たまき》。

「忍《しのぶ》さんが私に、子供をやり直させてくれたから。大人ぶってた子供の私は、もう一度子供に戻って、そこから少しだけ大人になれたんです」

「……」

「私が考えて、選んで、決めたことなんです。だから、ちゃんと応《こた》えてください。子供だからとか、勘違いとか、別の何かと一緒に片付けないでください。ちゃんと向き合って……」

「……」

「ちゃんと、否定してください」


環は逃げない。

環は縋《すが》らない。

月の光を浴びながら、じっと前を見て。

忍の答えを、待っている。


そんな環のひたむきな姿は、忍の心を動かした。

動かして、しまった。

「君の覚悟を理解した」

「えっ？」

誤解を招かぬよう明らかにしておくが、環は忍の言葉に戸惑ったわけではない。

環を戸惑わせたのは、忍の行動。

「ならば俺も、応えねばなるまい」

忍は布団から立ち上がり、環の眼前1メートルの位置へ進み出て。

忍自身のパジャマのボタンを、ひとつずつ外し始めた。

「……忍、さん？」

「上手《うま》いやり方ではないことは、分かっているつもりだ。だが、君に正しく事実を伝えるには、この方法しかないと確信した。不快だろうが、少しの間、堪《こら》えて欲しい」

言ううちに、パジャマのボタンはすべて外れ、忍は上衣を脱ぎ捨てる。

厚くも逞《たくま》しくもないが、それなりに引き締まった腹筋と大胸筋が露《あら》わになった。

「君は昔、男性から性的な視線や興味を向けられることに苦しんでいると話してくれたな」

「……はい」

「ならば、不自然を感じたことはなかったか」

「不自然……？」

「俺とて三十三歳、少しばかり衰えはあろうと、生物学的な雄としては現役だ。そんな俺が、見目麗しく快活で、女性的な魅力に溢《あふ》れ、俺への慕情を隠そうともしないアリエルの生殺与奪を握り、寝床すら共にして、ふたりきりの生活を続けている。加えて、一ノ瀬《いちのせ》君や君のように、世間一般的に見て十分以上に魅力的な女性を家へ招き、風呂《ふろ》まで使わせている中で、よからぬ間違いの影が微塵《みじん》もないことを、不自然に感じなかったか」

「え、あう、うあ、え？」

忍《しのぶ》の言葉が届いているのかいないのか、ベビードールの環《たまき》は目を白黒させるばかり。

忍は小さく息を吐き、表現を変えて話を仕切り直す。

「かつて俺に、同棲《どうせい》まで決めていた交際相手がいたことは知っているか」

「……何かのついでみたいな感じで、聞いた覚えはあります。忍さんの住んでる部屋がちょっと広めだったり、家具が独り暮らし用っぽくないのは、そのせいだって……」

たどたどしい返事。

言葉に意識は向いたが、環は未《いま》だ混乱している。

忍もそれを見届けた上で、もう一歩踏み込んだ内心を吐き棄《す》てた。

「あのころの俺はまだ、自分が誰《だれ》かを愛せる人間だと信じていた。俺のように偏屈な人間でも、誰かと心を通じ合わせ、愛し合うことができるのだと、信じていた」

御原《みはら》環の混乱の要因は、大きく分けてふたつ。

なぜ今環《じぶん》は、こんな話を聞かされているのか。

そして。


なぜ今、中田忍は、忍自身のパジャマのズボンに手を掛けているのか。


「特別なことは何もなかった。ただ、俺が〝愛〟と信じていた想《おも》いは、彼女を苦しめていた。その結果として俺は、彼女との別離を経て、己の本質を自覚するに至った」

「……本質？」

「ああ。俺は他人の心を、理屈以上に理解できない。故《ゆえ》に俺は、真の意味で心を通じ合わせ、人を愛することができない、人に愛される資格もない欠陥品なのだと、ようやく自覚したんだ。俺はその事実に抗《あらが》えなかった。ただ現実として、受け容れるしかなかった」

「あ……っ」


ひと息に、忍はズボンとパンツを脱ぎ捨てる。

そうなれば、後に残るのは。

一糸纏《まと》わぬ、中田忍自身のみ。


「へ……っ!?」

環《たまき》の視線は、言わずもがな。

物言わぬまま頭を垂れる、忍《しのぶ》の最も秘すべき場所、ただその一点に注がれていた。

「無様《ぶざま》なものだろう。彼女と別れてからは、ずっとこの有様でな」

自嘲《じちょう》気味に微笑《ほほえ》みながら、忍は環に近付き、その乳房に触れる。

張りのある柔らかな感触は、ベビードールの上からでも充分に伝わった。

「無論、こうなった男性のすべてが、俺と同じだと言うつもりはない。だが俺にとっては、自身の本質を証明するもののように思えてならない」

最愛の忍に乳房を揉《も》まれながら、環の心は色を喪《うしな》っていく。

いかに経験がないとはいえ、元が生真面目《きまじめ》で努力家の女子高生、御原《みはら》環である。

本気で忍を堕としにきているのだから、そうした方面の予習は、当然済ませていた。

だからこそ、環にも分かる。

月光の下に暴《あば》かれたそれは、環の乳房がいくら揉まれようと、ぴくりとも動かない。

忍はゆっくりと手を離し、普段通りの仏頂面《ぶっちょうづら》で淡々と告げた。

「これで分かったはずだ。
俺に人は愛せない。
俺に君を抱くことはできない。
俺は、」

「性的不能者《インポテンツ》だ」

◇◆◇◆◇◆◇

小一時間後、午前三時二十九分。

キィーッ　バタン

「おかえりなさい、シノブ」

ごく短時間の外出から戻った忍《しのぶ》を迎えたのは、神妙な様子の異世界エルフ《アリエル》。

出会った当時を彷彿《ほうふつ》とさせる無表情は気になったが、今の忍に指摘するだけの余力はない。

「起きていたのか……いや、起こしてしまったか。すまんな、アリエル」

「カマワンヨ。それより、タマキはどうなりましたか？」

「急に帰ると言うので、タクシーに乗せてきた。どこか落ち着かない様子だったが、心配は要らんだろう。俺もすぐに休むから、お前もベッドに戻りなさい」

可能な限りなんでもない風を装ったつもりの忍だが、上手《うま》くやれている手応《ごた》えはない。

案の定、目の前の異世界エルフは、少しも騙《だま》されてくれなかった。

「〝恋〟を……〝大好き〟を、伝えられたのではありませんか？」

「……お前には関係のない話だろう」

「関係はあります。ありよりのありです。アリエルは確認しなければならないのです。教えてください、シノブ。タマキはシノブに〝大好き〟を伝えたのではないのですか？」

「くどいぞ。仮にそうだとしたら、お前になんの関係がある」

「シノブは昔、要望には対価を支払うべきだと話していました。アリエルはそれを『たとえお友達でも、無理な要望を叶《かな》えて貰《もら》うには対価が必要』という意味なのだと解釈しています」

「……だとしたら、なんだ」

「アリエルはタマキに、秘密を守る対価として、アリエルの秘密を守って貰いました。タマキの秘密が秘密でなくなったなら、アリエルの秘密もなくさなくては、対価が成立しません」

忍には理解が及ばなかった。

どこまでも真《ま》っ直《す》ぐで、それ故《ゆえ》致命的に屈折してしまった環《たまき》の想《おも》いは、先程忍自身が己の恥の最奥を晒《さら》し、叩《たた》き潰《つぶ》してきたばかりだ。

何故《なぜ》その想いの存在を、アリエルが既《すで》に知っているのか。

その想いという対価に隠されていた、アリエルの秘密とはなんなのか。

「……」

回ることだけには秀でていたはずの知恵が、今は少しも回らない。

考えが、まとまらない。

それは環《たまき》の告白に、心の奥底を揺らされたせいか。

あるいは、忍《しのぶ》自身が心に張った瘡蓋《かさぶた》を、無理矢理剝《は》がしたせいなのか。

「聞いてください、シノブ。実はアリエルは、シノブに秘密にしていたことがあるのです」

アリエルは忍へ問うことをやめ、確信に満ちた声色《こわいろ》で秘密を吐き出そうとしている。

それでも、今ならまだ誤魔化せた。

環の想《おも》いなど聞かされていないと、白々しい嘘《うそ》に身を任せても良かった。

時間帯や体調を言い訳にして、話そのものを後回しにさせても良かった。

「……」

それでも。

彼は、中田《なかた》忍であった。

「シノブ」

「分かった。聞こう」

感傷も動揺も、すべては忍自身の都合でしかない。

環の尊厳を護《まも》るべく、己の秘密を明かすと決めた異世界エルフ《アリエル》の覚悟を、受け止めない理由にはならない。

そうして誰《だれ》かを傷付ける痛みこそ、ついさっき味わったばかりではないか。

「ありがとうございます、シノブ」

「だが、集中して聞ける自信はない。手短に頼めるか」

「分かりました。お話ししたいのは、耳島《みみじま》のエルフ文字のことです」

「……今、エルフ文字と言ったか」

「はい」

耳島のエルフ文字。

最下層に刻まれていた、読み解く機会が失われたはずの、耳神様《みみがみ》を追う最後の手掛かり。

「読む暇がなかった、文字も覚えていないと言ったのは、お前自身の筈《はず》だろう」

「すみません、シノブ。アリエルは記憶力がいいので、パッと見の文字を読むことも、中身をずっと覚えていることも、結構できてしまうのでした」

「……」

「さらに言うと、もう読みに行けないはずだった耳島のエルフ文字は、実はタマキが動画にして取っておいてくれたのです。これがシノブたちに知れたら、センモンのアリエルが読むことになってしまうので、アリエルは動画の存在を隠すよう、タマキにお願いしたのです。これはアリエルからお願いしたことなので、タマキのことはカマワンヨしてください、シノブ」

言葉を失う忍。

少し考えれば、容易に思い至ったはずなのだ。

環が撮っていたという動画の件までは予測できないにしても、異世界《アリエル》エルフの人並外れた感覚と知性があれば、たかだか数百文字の短文を読み切れていた可能性はあった。

部分的にでも断片的にでも情報を得る努力はできただろうし、場所自体は特定できているのだから、どこかで長大なファイバースコープカメラを手に入れて、どうにか耳神様《みみがみ》のメッセージを確認しようとするくらい、普段の忍《しのぶ》ならば当然に試みただろう。

それを疑問に思うどころか、むしろ積極的に目を逸《そ》らそうとさえしていた、理由は――

「……」

――今更悔やんだところで遅い。

――秘密の蓋《ふた》は、既《すで》に開かれているのだから。

忍は小さく瞬きをして、再びアリエルに向き合う。

「いいだろう。話を続けてくれ」

「ありがとうございます。アリエルはあのエルフ文字を、耳神様の遺言だと考えています」

「耳神様は、あの場所で死んだのか」

「それはアリエルにも分かりません。ただあの場所には、〝アリエルたち〟が後から訪れたときのための、ちょっとお得なアドバイスが書かれていたのです」

元々アリエルは、荒廃した異世界の環境を浄化するために造られた、被造生命体である。

自我を持たず、半自動的に異世界を生きる〝アリエルたち〟は、知的生命体と出会ったり、なんらかのエラーが発生することで、アリエルのような自我を獲得する。

さらに〝シェルター〟と仮称される施設により、アリエルはこの地球へ転移してきた。

転移が偶然ではなく、既定の法則により発生したものと仮定すれば、アリエルや〝アリエルたち〟の転移は予見可能であり、遺言があっても不自然ではない。

「この地球は、〝アリエルたち〟がいた世界よりも、遥《はる》かに汚い所なのだそうです」

「酷《ひど》い言われようだな」

「仕方ありません。アリエルたちがいた世界は〝浄化装置《アリエルたち》〟の活躍で、かなりのところまで綺《き》麗《れい》になっていましたから」

忍の胸中が、ちりりとざわつく。

それが俗に言う〝嫌《いや》な予感〟だったと知るまでには、暫《しばら》くの時間が必要となった。

何故《なぜ》なら。

忍の認識より遥かに早く、異世界エルフ《アリエル》に結論を突きつけられてしまったから。

「汚い所を綺麗にするためには、大変ながんばりが必要なのです。地球はもう、耳神様のいたころの時点で、〝浄化装置《アリエルたち》〟の機能が追い付かないくらいに汚れていたようです」

「……汚れの定義については、この際横に置くとしてもだ。〝アリエルたち〟の持つ浄化能力では、地球にある汚れとやらを排除し切るには至らんということか」

「そうですね。生ゴミで目詰まりした、排水溝のネットみたいになってしまうのです」

一般家庭にあるキッチンの概念を交えたアリエルの説明は、実に分かり易《やす》かった。

故《ゆえ》に忍《しのぶ》は、辿《たど》り着いてしまう。

抱《いだ》かれて当然であろう、その疑問に。

「お前は排水溝のネットではない。汚れとやらが許容量を超えたとき、お前はどうなる」

「それが、注意点なのです」

アリエルの顔に悲壮はない。

出会ったときのように、能面じみた無表情で忍を見つめている。

だが忍には、どうしても、アリエルが泣いているように見えてならなかった。

「汚れを浄化し切れなくなった〝浄化装置《アリエルたち》〟は、もうそのままではいられません。だからといって〝浄化装置《アリエルたち》〟の機能は止まらないので、ほんの少し形とやり方を変えて、世界の汚れをちょっとずつ、ちょっとずつ綺麗《きれい》にするようになるのです」

「形と、やり方」

「はい。耳神様《みみがみ》の書き残しは、その場所選びのアドバイスでした。後に続く〝浄化装置《アリエルたち》〟が、寂しい思いをしないように」

「あの丘の上の雑木林に根付くことを、、、、オススメしてくれていたのです」

「……っ!!」

知恵の歯車が高速で回転し、直ちにひとつの結論へ至る。

だが、受け容れられない。

何度も考え直そうとする。

何度も、別の結論を導き出そうと、必死に足掻《あが》く。


分かり切った徒労。

忍の心にじわじわと、結論の正しさが沁《し》み込んでゆく。

そんな忍を見つめて。

アリエルは、哀しげに微笑《ほほえ》んだ。

「もうおわかりですね、シノブ」

「異世界エルフは、樹《き》になります」

第五十四話　エルフとおまかせ握り

＝＝＝＝＝＝＝

後に続く君へ

遠からず　私の命は尽きるだろう
君がどのような気持ちで　この文を読んでいるかは分からない
だが　どうか　ヒトとこの世界を恨まないで欲しい
愚かで　弱くて　許せぬ存在であっても　この世界の主はヒトなのだ
所詮私たちは　その懐を借りているに過ぎないのだから

君に未来が選べるならば　悔いのないように生きなさい
ヒトの間にまみれてもいい
孤独に在ってもいい
だが　君の時間は有限だ

この世界は元の世界よりも遥かに穢れていて　君の身体はいずれ限界を迎える
君が君であり続ける限り　君の機能は止まらないし　止められない
蓄積した穢れを抱え切れなくなる時が　いつか必ず訪れる

だから　その時が来たら　君がこの世界で最初に在った　あの丘の雑木林に還りなさい
限界を迎えた君の身体はその基質を変え　一本の樹となり　ずっと世界を浄め続ける
あの中に根付けたならば　寂しく思うこともない筈だ

できるならば　わたしも

＝　＝　＝　＝　＝　＝　＝

「エルフ文字の記述は、ここで途切れていたそうだ」

「……うん」

「……おう」

義光《よしみつ》も、徹平《てっぺい》も、ただ押し黙るほかなかった。

環《たまき》の〝告白〟と、アリエルの〝告白〟から、十数時間後。

あるいは九月三十日日曜日、午後六時十四分。

忍《しのぶ》は緊急の会合場所として義光《よしみつ》の家を借り、徹平《てっぺい》を加えた三人で酒席を囲っていた。

由奈《ゆな》とは連絡が付かなかったし、環とは連絡を取れる状況にないので、やむを得まい。

「久々に三人で呑《の》もうなんて言い出すから、何かあるだろうとは思ってたけど……ねぇ」

「だな。流石《さすが》にこの話は、外やノブん家《ち》じゃできねーわ」

「すまんな。驚かせてしまったか」

「そりゃ驚いたけどさ……ひとりで抱《かか》えていい話じゃないよ。話してくれてありがとね」

「そーだな。ちなみに、耳神《みみがみ》様ってそんな、ノブみたいな喋《しゃべ》り方で書き置き遺《のこ》してたん？」

「いや。もしそう感じたなら、俺が翻訳を監修した影響だろう」

「不適材不適所のお手本みてーな話だな、オイ」

「アリエルから聞き取るに、残されていた原文はあまりに断片的で、そのまま読むには不便が過ぎる。多少の推認による辻褄《つじつま》合わせは、許容されて然《しか》るべきだ」

「ってぇことは、その『樹になる』みてーな記述の解釈も、実は間違ってたりとかしねぇの？」

「有り得ない」

「なんでだよ」

「『君の時間は有限』や『限界を迎える』、『あの丘の雑木林』なども含め、気に掛かる記述は特に丁寧に説明させたし、解釈そのものには手を加えないよう腐心した。そして何より、日本語とエルフ文字をどちらも解するアリエル自身が、この訳文の正しさを認めている」

「アリエルちゃんにとっても、自分が樹になるなんて記述は突飛じゃないのかな。それとも〝シェルター〟の記録に、〝異世界エルフ《アリエルちゃんたち》〟が樹になる的な記述があったとか？」

「漠然とした予感はあったらしい。こう言ってはなんだが、異世界エルフ《アリエルたち》の本能のようなものが、変化を緩やかに受容させているのだろう」

「……もうちょい、詳しくいいか？」

話題の重さに鑑《かんが》みてか、普段より申し訳なさそうに説明を求める徹平。

勿論《もちろん》忍のほうにも、普段の静かな喜びは見て取れなかった。

「俺たちヒトが子供から大人になることを恐れないように、異世界エルフは〝エルフ〟から〝樹〟への変化に、それほど抵抗を感じないのだろうと推察した」

「なるほどな。それなら俺にも、ちょっとだけ理解できるわ」

「考えようによっては『在《あ》り方を変化させ、永遠の命を手にする』とも取れる話だ。俺に真似《まね》はできんし、したいとも思わんが、全く理解が及ばん話でもない」

「……じゃあアリエルちゃんは、その件を怖がってるわけじゃないんだね」

「そうだな。秘密にしていたことを詫《わ》びた後は、けろりとしたものだ。今後もパートは続けると言うし、今日この場にも付いてこないよう、留守番を言いつけるのに苦労した」

「そう。それならいいんだけど……」

語尾を濁しながら、ちらりと斜向《はすむ》かいへ視線を向ける義光《よしみつ》。

忍《しのぶ》は掛けられるであろう言葉に備え、静かに冷酒のグラスを傾ける。


分かっているのだ。

普段から察しの良い義光は、当然。

知恵が回るくせに察しが悪く、空気はもっと読めない忍にも、はっきり。


分かっているのだ。

あの若月徹平《わかつきてっぺい》が、素直に受け入れるはずなどないと。


「ノブよぉ」

「どうした、徹平」

「お前はホントに、それで納得してんのか」

とはいえ今回ばかりは、徹平もやや歯切れが悪い。

徹平もまた、迷っているのだろう。

「俺がどうこうする話ではあるまい。オタマジャクシはやがて蛙《かえる》になり、ヒヨコはやがて鶏になり、イモムシはやがて蝶《ちょう》になる。同じように異世界エルフが樹になると言うならば、それは自然の摂理だと考える他ないだろう。ましてや、アリエル自身が納得して受け容れている話に、俺が何を思えと言うんだ」

「……そういうんじゃ、なくてよ」

激情に身を任せたくなる衝動を、徹平は必死に抑え込む。

これが十年以上前ならば、一発ブン殴って目を覚まさせてやるぐらいのことは考えたし、実際何度かやっている。

だが今は、忍も徹平も、それぞれの信念を心に抱く、ひとりの立派な大人だ。

暴力のひとつやふたつで考えが曲がるほど、浮き足立ってはいないし。

殴るよりも心へ届く言葉を、自分の口からしっかり語れる、大人同士なのだ。

故《ゆえ》に徹平は、大人のルールで忍を殴る。

普段通りの仏頂面《ぶっちょうづら》で、普段通りを装う中田《なかた》忍の横っ面を。

ブン殴る。

「俺が知りたいのは、お前自身の気持ちだよ。

中田忍は、アリエルちゃんが樹になっちまうこと、納得してんのかよ。

自然の摂理だからっつってよ。

なんにも手出しできないからっつってよ。

あんだけよく笑って、よく騒いで、よく楽しむアリエルちゃんがよ。

何十年後かもしれねぇ。

五年後かもしれねぇ。

一年後かも、半年後かも、一か月後かも、下手《へた》したら明日かもしれねぇ。

大した先でもねぇだろう未来によ。

目も耳も鼻もねぇ、当然口だって利けやしねぇ樹になっちまうことについて。

ノブは本当に、なんにも思わねぇのかって、聞いてんだよ」

滔々《とうとう》と語る徹平《てっぺい》の言葉を、義光《よしみつ》は敢《あ》えて遮《さえぎ》らない。

それは徹平への配慮でもあり、徹平を隠れ蓑《みの》にした、義光自身の問い掛けでもあったから。

そして、忍《しのぶ》は。

「分からん」

「分からねぇ？」

「ああ」

表情だけは、いつも通りの仏頂面《ぶっちょうづら》。

だが、その様子が普段と全く違っていることを、付き合いの長い義光も、見る目のある徹平も、確かに感じ取っている。

「徹平。俺はかつて、アリエルにヒトとの違いを感じさせるべきではないと語ったな。差別も劣等感も、比較対象が存在しなければ起こり得んと。アリエルが被造物としての出自に劣等感を持つとしたら、それを生み出すのは俺たちヒトの軽率な同情心だ、とも」

「おう。正論過ぎて、スゲー悔しかったからな。よく覚えてる」

「俺も自分が間違っていたとは感じない。熟慮を重ね正しきを為《な》したと、今でも信ずる」

「……信ずるカオ、してるようには見えねーけど？」

「……そう、だろうな」

表情をしかめ、眉間《みけん》を揉《も》み解《ほぐ》す忍。

「おかしいだろう、俺は」

「今更《いまさら》かよ」

「そうじゃない」

「あん？」

「俺はあのアリエルが、いつとも知れず樹になる事実を、哀れに想《おも》わずにはいられない。正にお前に説教を垂れた〝軽率な同情心〟を、アリエルに向けずにはいられないんだ。異世界エルフが、異世界エルフの定めに従うだけ。自然の摂理に、飲まれるだけだというのに」

忍は微笑《ほほえ》む。

無論、楽しさからの笑いではなく。

自らを嘲笑《あざわら》うための、哀しい笑い。

「おかしくなんか、ねーだろ」

「気休めは止《よ》せ」

「気休めじゃねぇよ」

徹平《てっぺい》は微笑《ほほえ》む。

無論、楽しさからの笑いである。

忍《しのぶ》の逡巡《しゅんじゅん》を巻き込んで、吹き飛ばしてやるための、優しい笑い。

「本人の気持ちと物事の正しさが離れちまってることなんて、大して珍しくもねー話じゃねーか。気持ちのほうは別でも、やるべきことだけかっちりやってよ。それでいいじゃん。罪悪感なんて、感じるだけ馬鹿《ばか》だろ」

「……」

「違うかよ」

　トク　トク　トク
空いた忍のグラスに、四合瓶から冷酒を流し込む徹平。

瓶の底をグラスに当て、自身はそのまま一気にあおる。

「……ふぅ」

「回るぞ」

「へーきだよ。っつーかノブは、たまにゃ潰《つぶ》れるぐらい呑《の》みやがれ。そんで脳味噌《みそ》リセットすりゃあ、ちょっとは気分も晴れるんじゃねーの」

「馬鹿なことを」

「馬鹿かどうかは、試してみなきゃ分かんねーだろ」

「試さずとも結果を推察できるのが、いい大人というものだ」

「うるっせぇな……」

少しだけ緩んだ雰囲気の中。

傍観者たることを決めた義光《よしみつ》は、そっと目を閉じて、ひとり杯を傾けた。

◇◆◇◆◇◆◇

数時間後。

「ろぅれろほ、おあ、のぶ、おべぇよおぉぉ」

「もう喋《しゃべ》るな。息が酒臭い」

結果、いつも通り絵に描《か》いたようにブッ潰れた徹平を、忍と義光が力を合わせて介護し、家まで送る最中であった。

早織《さおり》が妊娠中であることに鑑《かんが》みて、抑え目のペースで飲んでいたはずなのだが、どうにも飲まずにはいられなくなってしまったらしい。

外泊の許可も取っていない様子なので、どうにか帰宅だけはさせねば仕方がない。

ただし、べろんべろんの、てれんてれんである。

帰宅させないほうがマシかもしれないと言われると、そうなのかもしれなかった。

「ほら徹平《てっぺい》、お家着いたよ、お家！」

「ばほぉ」

「ばほぉではない。鍵は何処《どこ》だ」

「え……ああ、そうだね。星愛姫《ティアラ》ちゃんなんかはもう寝てるよね。ほら徹平、鍵、かーぎ」

「あぁ……ぁあー」

『あ、おとーさんかえってきた！』

『……ほんっとに、もう！』

ピクッ

「む」

「……徹平？」

泥酔し脱力し、両肩を地球外生命体《グレイ》の如《ごと》く支えられていた徹平から、生命の鼓動が響く。

そしてドアノブが回転した、次の瞬間。

ガチャ

「徹平君ちょっと、こんな時間まで一体、何考えてっ――」

「ただいま。悪りぃな、遅くなって」

命の強さがケタ違い。

妊婦の早織と愛娘《ティアラ》の前で醜態を見せまいと、不死鳥の、いや素面《しらふ》の如く甦《よみがえ》る若月《わかつき》徹平。

出会いから十余年、徹平の後始末に追われ続けてきた早織も、これには驚きを隠せない。

「え……あれ……潰《つぶ》れて送られてきたんじゃないの？」

「いや全然。見ての通り元気」

「じゃあなんで中田《なかた》君と直樹《なおき》君いるのよ」

「……今日は、俺が呑《の》ませたようなものだからな。妊婦の夫を付き合わせて本当に申し訳ないと、直接頭を下げに来た次第だ」

「……そうなの、直樹君？」

「まあ……そうだね。僕はその付き添いってとこ」

「ふぅん」

前向きな結果を得るための不義として自分を誤魔化し、ギリギリで放つ中田忍《なかたしのぶ》渾身《こんしん》の嘘《うそ》。

最近までの忍ならまず考えられなかった機転であり、大学当時から忍の基本データがアップデートされていない早織《さおり》は、忍の言葉をあっさりと受け入れてしまう。

まあ、忍の言葉も、すべてが嘘ではないのだ。

徹平《てっぺい》のほうでも『ノブを潰《つぶ》して頭をリセットさせてやろう』などと考え、良かれと思っての確信犯で呑《の》みまくっていた側面があるのは否《いな》めない。

ただ、結局自分が潰れていては世話がないので、総合的に見れば徹平の自業自得である。

「お父さん、お父さん、おかえりなさいー」

「おう、ただいま星愛姫《ティアラ》。遅くなってごめんな」

「うわくっさ。お父さんキモい」

アセトアルデヒド臭い吐息を吹きかけられ、くるりと退散する星愛姫。

男として夫としての矜持《きょうじ》は守り抜いたが、父としての矜持は若干取りこぼすのであった。

◇◆◇◆◇◆◇

若月《わかつき》家から最寄り駅までの、ちょっとした距離を歩いている最中。

憂《うれ》い顔の義光《よしみつ》が、不意に呟《つぶや》いた。

「ごめんね、忍」

「潰れたのは徹平、潰したのは俺だ。俺が付き添いの礼こそ言えど、謝られる道理はない」

「違うよ。アリエルちゃんのこと」

「ますます分からん。異世界エルフの生態について、何故《なぜ》お前が頭を下げる」

「いや……その、アリエルちゃんの保護、僕の勧めたことだからさ。今忍が辛《つら》い思いをしているなら、謝らなくちゃと思って」

「それこそ誰《だれ》のせいでもない。俺は俺の判断で、為《な》すべきと考えたことを為し、その結果を受け取っただけだ。決して悪くない意味で、お前にどうこう言われる筋合いはないと考える」

薄暗い街灯が、忍の仏頂面《ぶっちょうづら》を淡く照らし出す。

普段通りの、中田忍。


だからこそ。


「ごめんね、忍」

「……」

忍《しのぶ》はゆっくりと、遠い夜空を見上げ。

その先で自分の帰りを待っているであろう、異世界エルフ《アリエル》へ想《おも》いを馳《は》せた。

「……辛《つら》いばかりでも、なかったよ」

「え？」

「なんでもない、忘れてくれ。それより、アリエルについて何か思うところがあるなら、また顔を出してやってくれ。あまり口には出さんが、寂しい思いをしているようだ」

「……いや、それこそ僕はいいよ」

「遠慮は要らんぞ。かりんとうの一件を織り込んでなお、アリエルはお前を十分慕っている」

「光栄だよ。でもアリエルちゃんには、忍との時間を少しでも多く残してあげたいから」

「言葉の意味が分からない」

「だから、言葉通りだよ。忍とアリエルちゃん、ふたりきりの時間」

「……価値があるとは思えん。つまらんばかりだろう」

「……まだそんなこと言ってるの？」

「流石《さすが》に俺も学習する。極めて好意的に懐かれていることぐらいは、認識しているつもりだ」

「だったら、一緒に過ごしてあげることの大切さだって、理解できるよね？」

「……」

理屈では、理解できる。

経験からも、理解できる。

異世界エルフ《アリエル》は忍に気を許し過ぎるほどに許しているし、何をしてやっても喜ぶし、何もしてやらずにいればとても寂しそうな様子を見せる。

慕われているのだろう。

義光《よしみつ》の言う通り、相手をしてやればしてやっただけ、喜ばせられるのかもしれない。

だがこのとき、忍の脳裏に浮かんでいたのは。


忍に心からの想いを告白し、真正面から拒絶された女子高生、御原環《みはらたまき》。


環の前で、忍は言った。

いや、改めて確認した。

自分に、人を愛することはできないと。

自分に、人から愛される資格はないと。

忍も、望んで愛を手放したわけではない。

忍も誰《だれ》かに、愛し愛されたい。

さりとて、欠陥品たる自分に。
たまたま保護者たる役割を拾っただけの、自分に。
異世界エルフ《アリエル》の真っ直《ます》ぐな想《おも》いへ応《こた》える資格は、あるのだろうか。

言葉に詰まった忍《しのぶ》は、ふと考える。

——『俺に、他人から愛される資格など、あるのだろうか』などと。
——義光《よしみつ》に聞いたら、なんと答えてくれるだろう。

そして、自嘲《じちょう》する。

——馬鹿《ばか》馬鹿しい。
——本当に、馬鹿馬鹿しい。

義光のことだ。
もし忍が問いかけたなら、忍の欲しい言葉を、欲しいだけくれるに決まっている。
分かっているからこそ、忍は訊《き》かない。

卑怯《ひきょう》なやり方を、選ばない。

選びたくない。


だが。

「あるよ」


「……今、なんと言った」

「あるよ、愛される資格。忍には、ちゃんとあるから」


心を読まれたかのようで、どきりとする。

それとも、知らぬうちに口に出していたのだろうか。

「だって、忍はアリエルちゃんに、それだけ尽くしてきたじゃない。アリエルちゃんが忍を好きになったたって、何も不思議じゃないでしょ？」

「……そちらの話か」

「うん？」

「いや。心を読まれたのかと感じ、少し驚いていた」

そう。

義光《よしみつ》は忍《しのぶ》のことではなく、異世界エルフ《アリエル》と忍の関係性の話をしていた。

忍が心の奥底に抱《かか》えている、暗く淀《よど》んだ本当の悩みなど、見えているはずがない。

それでも義光は、忍に柔らかく微笑《ほほえ》みかけて。

「分かるよ」

「分かる、とは」

「忍のことなら、なんだって分かるよ」

「大袈裟《おおげさ》だな」

「……そうだね、ごめん」

「いや」

「ありがとう、義光」

「ふふっ」

それから五日後、十月五日金曜日、午後八時四十三分。

市内でも比較的治安の良い地域に住んでいる、仕事帰りの一ノ瀬由奈《いちのせゆな》は、自宅から少し離れた、人通りのまばらな路上で、不審者と相対していた。

「こんばんは、由奈さん」

「どうしたの、環《たまき》ちゃん。こんな人気《ひとけ》のない道端で、しかもこんな時間に制服で」

「家の前だとご迷惑かなと思って、由奈さんの最寄り駅からも家からも離れたここを選びました。あと、由奈さんがいつ通るか分かんないので、学校終わりからずっと待ってました」

「……何かの冗談のつもりなら、ちょっとやり過ぎじゃない？」

呆《あき》れ半分の威迫に当てられようと、突然現れた不審者、御原《みはら》環は少しも怯《ひる》まない。

それどころかもう一歩踏み込み、由奈との間をじりじりと詰める。

「そうですね。お仕事でお疲れのところ、申し訳ありません。だけど、今の由奈さんとふたりきりで話をするには、こうするしかなかったので」

「電話もメッセージもあるじゃない」

「無視してますよね。電話もメッセージも、私のも、他の方のも。最近はあんまり遊びにも来てくれないって、アリエルさんが寂しがってましたよ」

すべて嘘《ブラフ》である。

環は夜這《よば》いの夜から今日まで由奈に電話を掛けていないし、メッセージも送っていない。

告白《よばい》が失敗した気まずさからアリエルにも連絡を返せていないし、由奈が他の協力者をもシャットアウトしていることなど、完全に環の想像である。

だが、現状が環の想像通りであるならば。

この嘘《ブラフ》は、由奈へ通るに違いなかった。

「……それはごめんね。私にだって、忙しい時期くらいあるの」

果たして、環の嘘《ブラフ》は通る。

環の想像を、由奈自身の行動が肯定する。

ならば、御原環の為《な》すべきことは、たったひとつ。

「アリエルさんのこと、忍《しのぶ》さんから聞いてますよね？」

「いずれ樹になるとか、ならないとかって話？」

「はい」

環自身、あの一件から中田《なかた》家を訪れてはいなかったし、忍に連絡もしてはいなかったが。

アリエルがいずれ樹になる事実を告げる、一方的に送られてきた忍からのメッセージは、多くのことを環に悟らせていた。

耳島《みみじま》に残されたエルフ文字が、異世界エルフのタイムリミットを示していたこと。

それこそが、願いを叶《かな》える代償を対価に、異世界エルフ《アリエル》の隠した秘密であったこと。

そしてきっと、環の〝大好き〟を後押しした本当の理由は、アリエル自身のためではなく。

残された時間を〝だいすき〟な皆のために使いたかった、アリエルの優しさであったこと。

そしてアリエルの秘密が暴《あば》かれた理由は、環《たまき》自身の秘密が明かされたためであることまで。

御原《みはら》環に、悟らせていたのだ。

だからこそ環は、責任を取らねばならない。

異世界エルフ《アリエル》の想《おも》いに報いる、環なりの責任を。


「由奈《ゆな》さん、単刀直入にお願いします」

「忍さんに、想いを伝えてください」


「……」

「……」

「……」

「……」

午後九時にも迫る闇《やみ》の中、比較的街灯も多い住宅街。

緊迫の面持《おもも》ちで向き合う由奈と環の脇《わき》を、疲れた様子の壮年サラリーマンが通り過ぎた。

「……ごめん。環ちゃん、何言ってんの？」

「由奈さんの想いですよ。忍さんのこと、恋愛対象として好きなんですよね？」

感情のままにブン殴らなかった自分を、一ノ瀬《いちのせ》由奈はとっさに褒めた。

当然だろう。

環が翳《かざ》した言葉の刃は、由奈の心を刺し過ぎている。

踏み留《とど》まれたのは、大人としてのちゃちなプライドと、環への拭《ぬぐ》い切れない罪悪感ゆえ。

「……意味分かんないんだけど」

「何がですか」

「全部。環ちゃんの言うこと、全部意味不明」

「今更《いまさら》何言ってるんですか。普段あんなに頭が回って頼りになる大人の由奈さんが、分かんない訳ないじゃないですか。そんなに自分の気持ち、認めるのが怖いんですか？」

「……喧嘩《けんか》売ってんの？」

「売ってますよ。

私、はっきり言ってブチギレてるんですからね。

由奈さんがいつまでも、自分の気持ちを認めようとしなかったから。

由奈さんがいつまでも、忍さんのこと、ほっぽらかしにし続けたから。

アリエルさんは、ひとりで頑張らなくちゃいけなくなったんです。

自分がいなくなった後にも、忍さんに〝大好き〟を与えられる存在を残すために。

一生懸命ひとりで悩んで、私や由奈《ゆな》さんに発破をかけなくちゃいけなくなったんです。そのせいで私も、恥ずかしくて馬鹿《ばか》みたいな告白して、みっともなくフラれて……」

「え、ごめん、ちょっと待って」

「なんですか」

「環《たまき》ちゃん、忍《しのぶ》センパイとなんかあったの？」

「……何もないです。ただ私が、みっともなくフラれただけ。それだけです」

「別に詳しく聞かないけどさ。環ちゃんがみっともなくフラれたのは、私と関係なくない？」

「……一見ないですけど、総合的に考えると、やっぱり由奈さんのせいなんで」

八つ当たりの最中だろうが、少しばかり大人になろうが、御原《みはら》環の根本は良い子である。

感情に任せた口論の最中でも、明らかな非を指摘されたなら、いまいち勢いも鈍る。

「まあ、どうでもいいけどね。環ちゃんの話、全部が的外れだとまで言う気はないし」

「忍さんのこと恋愛的に好きだって気持ち、認めてくれるんですか？」

「仕方ないでしょ。あんな付きまとい方してきて、今更《いまさら》誤魔化すほうが無理筋だもん」

「良かったぁ。そこ否定されたらどうしようって、ずっと悩んでたんですよね」

「……」

根本が良い子の、御原環であった。

由奈も思わず表情を崩し、小さく溜息《ためいき》を吐《つ》いて口を開く。

「だけど、想《おも》いを伝えるのは無理かな」

「なんでですか」

「それこそアリエルがいるじゃない。はっきり言ってもう遅いの。世界跨《また》ぎ、種族跨ぎの孤独を押しのけて、私がしゃしゃり出るってどんだけよ」

「それがアリエルさんの望みでも、ですか」

「当たり前でしょ。忍センパイのことは確かに好きだけど、樹になる異世界エルフの代わりで繰り上げ合格なんて、嫌《いや》に決まってんじゃない」

「代わりじゃダメなんですか？」

「……ダメでしょ」

「好きなのに」

「好きだからこそ、勝てない勝負はしたくないでしょ。所詮《しょせん》二番目にしかなれないんだったら、私は最初っからリングに上がりません」

「由奈さん、それはおかしいです」

「そう？」

「だって好きなんですよね。心の底から、どうしようもなく、本気で、大好きなんですよね」

「……そこまで重くは、ない、かなぁ？」

「嘘吐《うそつ》き」

「え?」

「今の由奈《ゆな》さんは嘘吐《うそつ》きです。ひとつの嘘がバレそうになってるから、また別の嘘をついて、自分の本心を塗り隠そうとしてるんです」

重ねて言うが、御原環《みはらたまき》は良い子であり、同時にコミュ障の陰キャである。

正論の正しさを信ずるあまり、その発言に手加減が利かない。

故《ゆえ》に環は、やり過ぎてしまう。

由奈が大人として引いた、最終防衛ラインを超えて。

踏み入ってしまう。

一ノ瀬《いちのせ》由奈の、柔らかな本心へ。

「由奈さんは、本当は忍《しのぶ》さんのことが大好きで、大好きで、大好きで仕方ないんです。だけど今のままじゃ、アリエルさんに勝てないから、忍さんの一番になれないから、実は大して好きじゃなかったってことにして、自分が痛い思いをしないように、周りと由奈さん自身にカッコ付けて、うまく誤魔化そうとしてるだけなんです」

「……仮にそうだったとしても、環ちゃんには関係ないでしょ」

「関係あります」

「ないって」

「逃げないでください」

「逃げてない」

「なんで逃げるんですか」

「……だから、逃げてなんてっ!!」

「どうして忍さんを愛せるあなたが、忍さんを愛することから逃げ続けてるんですかっ!!」


環が肉薄し、由奈の胸倉を掴《つか》み上げる。

転倒こそしなかったものの、あまりの剣幕をいなし切れない由奈。

「分かります？ ねえ分かります？ 私にはもう、舞台に上がる資格すらないんですよ!?」

「私に当たらないでよそんなの。自分が諦《あきら》めちゃっただけでしょ」

「何を言われたって、退《ひ》くつもりなんてなかったんです。

子供だからって、眼中にないからって、拒絶されたって。

ずっと想《おも》い続けるつもりだったんです。

何度でも立ち上がって、想い続けるつもりだったんです。

だって大好きだから。

諦められないから。

全部捨ててでも、隣にいさせて欲しかったから。

絶っ対に、諦《あきら》めるつもりなんて、なかったんです」
「だったら、そうすればいいじゃない。
自分の気持ちは、自分で始末をつけるべきものでしょう。
環《たまき》ちゃんが諦めないことを、私は止めない。
私はこれ以上、踏み入るつもりなんてない。
それでいいじゃない。
これ以上、私を巻き込まないで」
「できないからっ！
私じゃ、どうにもできなかったからっ!!
こんなやり方に頼るしか、ないんじゃないですかっ!!」
環は泣いていた。
剝《む》き出《だ》しの感情を爆発させ、ありったけの怒りと悔しさを、由奈《ゆな》へと叩《たた》きつけている。
「私が忍《しのぶ》さんに、何をあげられるって言うんですか！
ひとの愛し方を知らない忍さんに！
愛を知らない子供の私が!!
何をしてあげられるって言うんですかっ!!」
「さあね。アリエルと一緒に、可愛《かわい》がって貰《もら》えばいいんじゃないの」

「馬鹿《ばか》なこと言わないでくださいよ。子供がふたりに増えてどうするんですか」

「……」

「樹になるまでに残された時間、忍さんはきっと、アリエルさんのことを思いっきり大事にします。その傍で、あるいはその後にでも、私が諦めずに忍さんを想《おも》い続けていたら、常識外れの奇跡が起こって、忍さんが私を受け容れてくれる未来も、あるかもしれません」

「……」

「でもそれじゃダメなんです。愛を知らない子供の私は、忍さんに愛し愛される喜びを、教えられないんです。だって忍さんは、ひとを愛することを諦めた人だから。だから私じゃダメなんです。もし私が受け入れて貰えたとしても、そんなのは恋でも愛でもなんでもない、ただの甘やかしです。私にだけ都合のいい、汚らしい嘘《うそ》です。私が情けをかけられているだけです。永遠に私が追いかけるだけの、ただの独りよがりです」

「……じゃあ何、環ちゃん。環ちゃんは私に、忍センパイへ想いを伝えて愛し合って、本当の愛を教えてやれとでも言いたいわけ？」

「そうですよ。そうしたいんでしょう。違うんですか？」

「……馬鹿じゃないの？」

「誤魔化さないでください」

「誤魔化しなんかじゃない」

「嘘吐《うそつ》き」

「嘘なんて吐いてない」

「だったらなんで今更《いまさら》、遅いとか勝てないとかみみっちい文句が出てくるんですか」

「単なる事実じゃない。環《たまき》ちゃんが聞いたから答えただけでしょ」

「いいえ、由奈《ゆな》さんは理解してるはずです。忍《しのぶ》さんのことを知り尽くしてる自分なら、忍さんの知らない愛を知っている自分なら、本気の本気の全力でぶつかれば、まだほんの少しだけ望みがあるって、理解してるはずです。それなのに、万が一拒絶されたときが怖いから、怖くて踏み出せない自分がみっともないから、わざと大人ぶって格好つけて。諦《あきら》めのいいふりをして、適当な言い訳を並べて、逃げて——」

「黙れよ」


グイッ。

プチン。

由奈が環の胸倉を掴《つか》み返し、ぱつぱつの胸元からボタンが吹き飛ぶ。

剝《む》き出《だ》しの怒りを、由奈もまた隠さない。

環が翳《かざ》す言葉の刃は、由奈の心をあまりに刺した。
だが、その刃には柄《つか》がない。
握り締めれば握り締めるほど、環の心もまた、涙のように血を流す。

だからこそ。
御原《みはら》環は、止まらない。
由奈の胸倉に力を籠《こ》め、しがみつくように祈るように己の想《おも》いを吐き散らす。

「いいじゃないですか、みっともなくても今さらでも。
やってくださいよ。
戦ってくださいよ。
諦めないでくださいよ。
奪って見せてくださいよ。
異世界エルフがなんぼのもんですか。
由奈さんはすっっごく魅力的で。
憎らしくて。
可愛《かわい》くて。

意地悪で。

偏屈で。

優しくて。

有能で。

ほっとけなくて。

忍《しのぶ》さんのこと、大好きじゃないですか」

「……」

「つまんない言い訳で、諦《あきら》めないでくださいよ。そうじゃないと、私……」

最後の言葉を投げかけようと、環《たまき》が再び由奈《ゆな》を見上げた、そのとき。

ようやく、環は気付いた。


「……っ」


一ノ瀬《いちのせ》由奈が、泣いていた。

声も出さず、肩も震わせず。

環の胸倉を掴《つか》んだまま、涙を滔々《とうとう》と流している。

「勝手なこと、言わないでよ」

「私にだって、分かる訳ないでしょ。何、本当の愛って。ばっかじゃないの」

とめどなく溢《あふ》れる涙を、拭《ぬぐ》おうともせず。

由奈の声が、だんだん大きく。

切なく、かすれてゆく。

「分かる訳ないでしょ。

好きだなんて、ちょっと前まで、自分自身ですら誤魔化し切ってたのに。

今さらこんな、好きって認めたってしょうがないって、分かってるのに。

馬鹿《ば》馬鹿《か》しい、みっともない、なのに好きなの!!

忍センパイのこと独り占めしたいの!!

絶対ぜったい、誰《だれ》にも、アリエルにだって、環ちゃんにだって、誰にも渡したくないの!!

私だけを見ていて欲しいの!!

傍にいて、私だけを見て、好きだって言われて、抱きしめられたいの!!

なのに四年も時間無駄にして、増やさなくていい恋敵《ライバル》増やして、手助けまでしてさ。

ようやく好きって認められたときには、もうどうしようもなくなってて!!

それでも、あんたみたいなのが……世間様《あんたら》が、私に大人を押し付けるからさぁ!!

当の忍センパイの前で今までの自分必死に演じてみじめな思いして、気持ち全部隠して!!

どれだけ内心ズタボロだって、なんにもありませんでしたよって外面取り繕って!!

物分かりのいい風装って、綺麗《きれい》に諦《あきら》めましたの形作らなきゃ誰《だれ》も幸せになんないじゃん!!

そんなんなって、私がどれだけ後悔したか!

私がどんっだけひとりで泣いたか!!

逃げても泣き言垂れても許される子供のあんたが、分かってて私のこと責め立ててんの!?

ふざけんなよ!!

分かんないよねぇ!

分かるわけないよねぇ!!

それでも好きなの!!

私は、忍《しのぶ》センパイが、ずっとずっと、大っ好きなの!!!!!」

御原環《みはらたまき》は、ようやく悟った。

開けてはならない蓋《ふた》を開けてしまった、その事実を。


「ふざけんな。大人だからって、なんでもできるみたいに、本当、ほんとムカつく。子供だから許されると思って、好き放題罵《ののし》って、言いたいこと言って。ふざけんなよ……」

さめざめと涙を流し続ける、一ノ瀬由奈《いちのせゆな》。

何も言えなくなる、御原環。

そこには、大人などいなかった。

そこには、大人になり切れなかった少女《ゆな》がいた。

大人になり切れなかった少女《たまき》がいた。

ふたりはどうしようもなく、ただ立ち尽くすばかりであった。

◇◆◇◆◇◆◇

由奈と環の衝突から四日後、十月九日火曜日、午後九時三十一分。

「……ふぅ」

忍は大きく溜息《ためいき》を吐《つ》いて、両掌《てのひら》で目を覆う。

帰宅後、アリエルをリビングへ追いやって寝室に籠《こ》もり、パソコンと資料を眺めて暫《しば》し。

もちろん、異世界エルフ《アリエル》の樹木化を止める術《すべ》など、見つかるはずもなかった。

忍は異世界エルフを保護すると決めたときから、書物やインターネットからエルフ関連の情報を散々調べまくっていたので、新たな発見に辿《たど》り着く可能性がそもそも低い。

例外は耳神様《みみがみ》伝説のような、ローカルかつエルフ味の薄い民間伝承くらいのものだが、今のところ新たにそうした情報を仕入れられる目途は立っていない。

その耳神様《みみがみ》伝説にしても、痕跡《こんせき》は耳島《みみじま》で途切れてしまっている。

むしろ、遺《のこ》された文章を信ずるならば、耳神様は既《すで》に死んでいる可能性が高い。

今の忍《しのぶ》には、耳神様の行方はおろか、生死すらも窺《うかが》い知ることができなかった。

では一旦《いったん》視点を変えて、生物が樹木になるモチーフの伝承などを探してみれば、これは世界中、古今東西を見渡してもあまりにありふれていた。

旧約聖書のエデンの園にあった〝知恵の樹〟〝生命の樹〟は言うに及ばず、古代人類において悠久の時を生きる巨大な樹は神性の象徴であり、神に見初められたヒト、神に近付いた獣、あるいは妖怪《ようかい》など幻想生物、近年の絵本ではダチョウなども樹への変化を遂げている。

そして殆《ほとん》どのお話は、対象が樹木化を遂げた時点で幕を閉じるのだ。

無論、元の姿には戻らない。

無理なくビターエンドを迎えられるため取り回しが良いだとか、実在の樹木と絡めたストーリー展開が描けるためとっつき易《やす》いだとかのメタフィクショナルな論拠もあるのだろうが、忍は別のアプローチからその結末を肯定する。

生肉を焼いて火を通せば、再び生の肉には戻らない。

コーヒーにミルクを足せば、再びブラックコーヒーには戻せない。

蛹《さなぎ》から羽化したアゲハチョウは、再び閉じこもっても芋虫には戻れない。

それらと同じように、動物から植物への変化は、即ち不可逆の変化なのだ。

埃魔法《ほこりまほう》などの超常現象を意のままに操る異世界エルフが、どれだけこの世の道理を外れた存在であろうと、樹になった後に元に戻るとは考えられない。

つまり、変わってしまえばすべてが終わり。

治すことなど、できはしない。

ならば。

アリエルの身体《からだ》に変調が現れたとして、忍に何ができるのか。


——何かあるはずだ。

——まだ、何かが。


この情動が、感情バイアスに歪《ゆが》められた忍自身に都合の良い希望的観測であることを、忍は正しく認識していた。

だが、忍は止まらない。

止まるべきではないと、忍自身が考えている。

「……」

目の前には、人類の集合知《インターネット》に繋《つな》がる情報端末《ゲートウエイ》。

忍は緩慢な動きで、検索ワードを打ち込む。

『体内 浄化 奇跡 ◆検索』
『エッ!? 余命三か月と言われていた妻……』
『治った!! 嶺北霊峰滴《リャンピヤンライホウチー》と私が……』
『驚異のサベロメナ茸《マッシュ》がもたらす七つの……』
『まるで魔法? いいえ、これはメソッド……』
『西洋医学を捨てなさい……』
『効く。まずは資料請求から……』
『自克力《THEカツリキ》を高める唯一の……』

薬機法を遵守する気などさらさら感じられない、真偽の知れない民間療法の数々。
大切な人の治療に私財を投じ保護受給者《ケース》となった人々の存在を、忍《しの》は当然知っている。
そして、そうした治療を受けた者たちの、例外なき末路のことも、また。
──だが、異世界エルフだ。
──ヒトとは違う理屈で、薬効を受けられる可能性はゼロではない。
──真剣に吟味《ぎんみ》すれば、ひとつくらいは……。

『馬鹿《ばか》じゃないですか？』

馴染《なじ》みの罵倒《ばとう》が聞こえた気がして、はっとする。

行政事務室でのひと騒ぎ以来、由奈《ゆな》は妙によそよそしくなり、家にも来なくなった。

異世界エルフが樹になる現実をメッセージとして送ったが、既読こそ付いたものの、そのことに関するリアクションは、今のところ一切ない。

アリエルと直接連絡を取り、何かネガティブな結論に達したのか、忍から環《たまき》への非道な対応が何処《どこ》かから伝わり幻滅されたか、あるいは別の人間関係を広げることに決めたのか。

なんにせよ、今まで散々助けられていた忍に不平を言う権利はないし、忍自身が助けを求めて、由奈のプライベートへ踏み入って良い理由もない。

環の告白を受け、自らの本質を再認識した忍には、今の由奈へ関わろうと踏み出す気力がどうしても持てなかった。

また、当の環はどうなったかといえば、忍から何か働きかける資格がないし、環からの反応も一切なく、聞けばテスト勉強を理由にパートのシフトも暫《しばら》く入れていないらしい。

時々連絡を取り合っているという徹平《てっぺい》からは、元気な様子だと聞いてはいるものの、忍の家に立ち寄ることはやはりなかった。

――結局、俺は無力な欠陥品のままだ。

――昔も。

――そして、今も。

「……ちっ」

行き詰まる苛立《いらだ》ちに顔を上げ、パソコンの検索画面を覗《のぞ》く。

そして真偽の知れない、胡散臭《うさんくさ》い民間療法に縋《すが》りかけていた自分を思い出し、自嘲《じちょう》する。

――馬鹿《ばか》馬鹿しい。

――こんなものに頼るくらいなら、国に突き出したほうがいくらかマシだ。

心の中で毒づく忍《しのぶ》だったが、国や企業の研究機関などを当てにすべきでないことも、冷静に理解できている。

そもそも公の機関に信頼が置けるなら、忍は個人で異世界エルフを保護しようなどと考えず、最初から身柄を引き渡していたはずだ。

ましてや今の忍は、耳島《みみじま》で行われたであろう、耳神《みみがみ》様に対する尊厳の蹂躙《じゅうりん》を知っている。

樹になるほうがマシだと思わせる程の苦痛を与えるくらいならば、せめて手元で面倒を見続けてやろうと考える忍の判断を、果たして誰《だれ》が責められようか。

「……」

煮詰まって、ふと気付く。

今の忍は、異世界エルフ《アリエル》を保護したばかりの頃《ころ》とは違い、多くのことを知っている。

アリエルに戸籍と身分を与え、どこかから忍たちを監視している謎《なぞ》の存在、ナシエル。

過去の伝承に語られる、異世界エルフかもしれない謎の存在、耳神様。

学者たちに見向きもされない耳神様の資料を保管している、地区センター内の資料館。

言い出せば、この辺りの古い住人は、耳神様の恩恵に与《あずか》り崇拝していた者たちの子孫だ。

そして、耳神様を監禁していたとみられる謎の孤島、耳島の秘密要塞《ようさい》。

いち現代人として触《ふ》れられる資料やデータを繰り返し漁《あさ》り続けるよりも、そうした異世界じみたルートから何かを探るほうが、余程《よほど》成果を期待できるのではないか――

「……いや」

忍は小さく瞬きをして、今までの思考をすべて振り払う。

――もう一度、最初から洗い直してみるか。

疲れ切った体に鞭打ち、忍が資料に手を伸ばそうとすると。

コン　コン

『シノブ、シノブ』

「どうした」

資料を放り出して扉を開くと、不安げな表情の異世界エルフ《アリエル》がいた。

「何か問題か。苦しいのか」

「あ……いえ、ダイジョブです。すみません」

「なんでも話せ。要否はこちらで判断する」

過剰反応の自覚はあったが、どうにも自分を律し切れない。

ただ、アリエルの外見に変化が見られない事実は、忍《しのぶ》の心を少しだけ落ち着かせてくれた。

「すみません。呼んでみただけです」

「構わん。退屈しているのだろう」

「そういう訳では、ないのですが……」

「では、どうした」

「シノブがお疲れ様のようなので、アリエルはシンパイなのです」

「……そんなことか」

「そんなことではありません。大切なことです」

「大丈夫だ」

頭を撫《な》でられ、戸惑いながらも目を閉じ、遠慮がちに耳をぱたぱた動かすアリエル。

かわいい。

「寂しい思いをさせたか。すまなかったな」

「そうでもないです、アリエルです」

「本当か」

「……寂しさの割合は決して低くない、アリエルです」

「回りくどい表現は必要ない。要旨をはっきり伝えてくれ」

「ハゥ」

言葉に詰まったアリエルの耳が、徐々に垂れ下がってゆく。

鈍感クソロボットの中田《なかた》忍でも、ここまで物理的な変化が生じれば、流石《さすが》にアリエルの心境を想像できた。

「……詫《わ》び代わりという訳ではないが、お前を楽しませたく思う。何かして欲しかったり、してみたいことはないのか」

「それは、社会勉強的な意味でですか？」

「この際なんでもいい。お前の希望をそのまま請けよう」

「ムムー」

「難しいか」

「なんでもいいというのは一番難しいオーダーなのだと、パート先で教えて貰《もら》ったことがあるのですが、本当にそうだったのだなあと考えていたところです」

「ふむ」

「ですが、せっかくの機会なので、少し考えてみてもいいですか?」

「いいだろう」

「アイ」

アリエルはとてとてリビングのソファに駆けだし、どっかりと腰掛けて沈み込む。

そして、唇《くちびる》を尖《とが》らせ鼻頭に擦り付けつつ、手近なクッションを埃魔法《ほこりまほう》で浮かせ、ムームー唸《うな》りつつ悩み始めた。

かわいい。

忍《しのぶ》から見てもかわいいに違いないのだが、埃魔法の濫用《らんよう》と樹木化の関連性についての考察が心に影を落とし、かと言ってそれを指摘すればアリエルに余計な心理的負荷を与えるかもしれず、アリエルの傍《かたわ》らに立ち尽くしたまま、結局何も言い出せない。

そのうち、アリエルが宙に浮かせたクッションを落とし、上目遣いで呟《つぶや》いた。

「……本当に、なんでもいいのですか?」

「ああ」

「では、ギュッとして欲しいです」

「ギュッとは」

「オヤスミのときにするように、アリエルの身体《からだ》を、こう、腕で……ギュッとするのです」

「いいだろう。少し隣を空けてくれ」

「ハイ……あっ」

　ギュッ
「ハゥ」

「これでいいか」

　アリエルの隣に腰掛け、異世界エルフ《アリエル》を抱きしめる忍。

　忍からアリエルの表情は見えなかったが、両脇腹がどうにもむず痒《がゆ》い。

　ふと見れば、アリエルが忍を抱き返そうとして躊躇《ちゅうちょ》し、両手をさわさわしていた。

「……ありがとうございます、シノブ」

「希望に沿えたならば幸いだ。もういいか」

「いえ、できればこのままがいいです」

「善処しよう。いつまで続ければいい」

「オヤスミのときまで、ずっとがいいです」

「お前は寝るとき、ずっと抱いていろとせがむだろう」

「はい。結果的に朝までギュッとされたい、アリエルです」

　――なんでもいいと言ったのは、俺自身。

　――やむを得んか。

　誰《だれ》へともつかない言い訳を綴《つづ》り、忍は改めて異世界エルフ《アリエル》を抱き直す。

今度はアリエルも、おずおずと忍《しのぶ》に抱き付いた。

「要望はこれで終わりか」

「まだ聞いてくれるのですか？」

「内容次第だがな」

「フムー」

アリエルは幸せそうに唸《うな》りながら、頬《ほほ》を忍の首筋に擦り付けている。

柔らかな感触はくすぐったいが、これこそが生きて動く異世界エルフ《アリエル》の証《あかし》。

止めるべきではないと信じた忍は、そのままアリエルに身を任せた。

「……そうですね。アリエルは、お寿司《すし》が食べたいです」

「寿司か」

「はい。美味《おい》しいお寿司を、たっぷり、いっぱい、食べられるだけ食べたいです。今思い付く中では、それが最もウレシー感じです」

「お前は寿司も、寿司の図鑑も好きだったからな」

「はい。シノブが見せてくれた本の中でも、タノシーとオイシーがとびきりに溢《あふ》れていて、今でもよく読み返しています」

「随分前から、本棚の中に収めっぱなしではなかったか」

「頭の中で読んでいるのです。今は……サーモンがオイシー」

実に異世界エルフな台詞《せりふ》を吐き、ぷひゅぷひゅ何かを噴き出している。

記憶と想像だけでご満悦の、異世界《アリ》エルフ《エル》であった。

◇◆◇◆◇◆◇

翌日の夕刻、中田《なかた》忍邸最寄り駅の近くにあるスーパーマーケットの鮮魚売り場。

「お薦めの寿司屋だぁ？」

「ええ。親方ならば良い店をご存知かと思いまして」

元は単なる顔見知りの客、今はパート従業員の保護者である中田忍の申し出に、鮮魚売り場の主たる尾谷堅司《おやかた》が面食らう。

「兄ちゃんにゃあ色々世話になってるし、顔馴染《なじ》みだから力は貸してやりてぇけどよ。前みてぇに、兄ちゃんが自分で握るんじゃあダメなのかい」

「河合アリエル《アリエル》の体質を考えれば、外食を控えるに越したことはないのでしょうが、材料が明らかな寿司なら警戒の必要性も薄い。何より、本当に美味《うま》い寿司を食べさせたいのに、私の握りでは力不足というものです」

「……へっ」

「お気に召しませんか」

「そりゃそうだろ。こちとらいい魚探してる奴《やつ》に、いい魚回してやるのが仕事だからよ。美味《うま》い寿司《すし》屋が知りたけりゃ、テレビでもインターネットでも探してるほうが世話ねぇや」

「仰《おつしや》ることは理解できますが、あまり時間がないのです。信念を曲げる無礼は承知の上、どうか力を貸してはいただけませんか」

買い出しの主婦層が行き交う中、忍《しのぶ》は鮮魚売り場で店員に深々と頭を下げる。

数十メートル先で統括社員が見回りチェック表に何か書き込んでいたが、今は忍にも親方にも気付く余裕がなかった。

「あの娘《こ》に、何かあったのかい」

「その通りです」

「聞いてもいいか?」

「私事なので、詳しくは……」

「ああ、別に構わねぇよ。ただ最近、仕事中も覇気《はき》のねぇツラしてるトコ、よく見るようになったからな。何かあったんじゃねーかって、俺のほうでも心配してたんだわ」

「アリエルが、ですか」

「……やべ。余計なこと言った」

完全に今更《いまさら》過ぎる親方の自省も、忍の耳には届かない。

脳裏に浮かんでいたのは、異世界《アリ》エルフ《エル》が見せ続けている、いつも通りの笑顔。

――気を遣われていたのは、俺のほう。

――だらしのない話じゃないか。

頭を抱《かか》えたくなる衝動を、どうにか抑え込む。

相手は若干どころではなく口の軽い、異世界エルフ《アリエル》の雇い主。

あまり不審な様子を見せては、彼を通じて憂慮がアリエルへ抜けてしまう。

「ご助力願えませんか」

「まぁ……別にいいけどよ。漠然と美味い寿司屋ってんじゃあ、流石《さすが》に俺も選び切れんぜ」

「では、サーモンを握ってくださる所をお願いします」

「無茶言うねぇ」

「申し訳ありません」

『上等な寿司屋ほど、サーモン寿司を忌み嫌う』ぐらいの知識は、忍も持ち合わせている。

江戸前寿司と東京湾で生食可能な鮭《さけ》が取れないことの関係性だの、脂の濃過ぎるサーモンは淡白な白身魚の旨味《うまみ》を殺すから嫌《いや》がられるだの、単に伝統っぽくないから仕入れたがらない頑固な職人が多いせいだの、理由は色々と囁《ささや》かれているが、確実に美味いサーモン寿司を探すのは大変なことで、行動力の化物《ばけもの》たる中田《なかた》忍も親方《プロ》に頼らざるを得なかったのだ。

「分かった。他ならねぇ兄ちゃんの頼みだ。なんとか見繕ってみらぁな」

「ありがとうございます」

「いいってことよ。他になんか条件はあるかい」

「……そうですね。できれば内装に一切、木材を使っていない店が良いのですが」

「……悪りぃ。そりゃ無理な注文だ」

「そうなりますか」

「……おう」

これ以上の無茶振りを避けるため、必死に頭を回転させる尾谷堅司《おやかた》であった。

◇◆◇◆◇◆◇

その三日後、十月十三日土曜日、午後四時十三分。

ガラガラガラ　ガラガラガラ　ピシャン

「いらっしゃい。ご予約ですか」

まだ混むには早いのか、値段の敷居が高過ぎるせいかは定かでないが、他の客の姿はない。

ツケ場に立った六十代くらいの職人が、人の好さそうな笑顔で忍《しのぶ》とアリエルを出迎える。

「尾谷堅司《おたにけんじ》さんの紹介で伺いました、中田《なかた》忍と申します」

「河合《かわい》アリエルです。昔はドイツでしたが、今は日本人です」

「店主の福根智久《ふくねともひさ》です。テーブルも空いていますが、宜《よろ》しければカウンターへどうぞ」

「カウンターで良いか、アリエル」

「今まで倒してきた魚介類から、突然の反撃《カウンター》を受けますか?」

「……店主の前にある細長いテーブルのことを、カウンターと言う。職人がツケ場で鮮やかにネタを捌《さば》き握るまでの技巧を間近で見られる上、握りたての寿司《すし》を直《じか》に受け取れるし、店主とのコミュニケーションも楽しめることから、テーブル席よりも座りたがる者が多い」

「ホォー。それならアリエルは、カウンターアリエルがいいです」

「うむ。すみません、カウンターにふたり、お願いしても宜しいでしょうか」

「ええ」

おのぼりさん丸出しのアリエルにも、本職の前で蘊蓄《うんちく》を語ってしまった忍にも構わず、柔和な笑顔で席を準備する店主。

この所作だけでも客に対する誠実な態度が感じられ、忍は内心胸を撫《な》で下ろすのであった。

「尾谷さんのところとは、親父さんの代からの付き合いでして。あちらが店を畳まれる前は、ときどき掘り出しモノを回して貰《もら》っていたんです」

「そういうものなのですか。失礼ながら、寿司屋とは店主が自ら市場に出向き、自ら認めた品以外は仕入れないものだと考えていましたが」

「それも間違ってはいませんが、私ひとりで市場全部の値打ちモノは拾い切れません。より良いネタを探すためなら、なんだってやってみようというのが、私の考え方なんですよ」

語りながらも、淀《よど》みのない手つきで並べられる寿司下駄《すし》。

アリエルは驚き顔で、ガラスケースに並べられた鮮魚と寿司下駄を交互に見比べている。

かわいい。

「サーモン寿司も、その一環でしてね」

「ああ、申し訳ありません。ご無理を聞いていただいたようで」

「とんでもない。此方《こちら》はお客さんにどうやって美味《おい》しいと言わせようか、日々悪だくみを進めてるワケですから。新しい売れ線が出てきた上に、周りの老舗は手を付けないと言うなら、ウチは喜んで握らせていただこうと」

一目見て高級品と分かる、遠い朝焼けのように輝く切り身が、一手一手を愛《いと》おしむように捌《さば》かれ、握られ、小さなバーナーでごうっと炙《あぶ》られてゆく。

焼き鮭《ざけ》のそれとは明らかに違う、甘く香ばしい薫《かお》りがふわりと漂う。

「まずは少々、脂をくすぐってやりました。醤油《しょうゆ》も合いますが、塩とレモンも乙《おつ》ですよ」

「ほう」

「ホォー」

アリエルの前へ置かれた、一貫の炙りサーモン。

すぐに忍《しのぶ》の前にも握られてきたが、忍はアリエルの反応が気にかかって仕方なかった。

「食べても、いいのでしょうか」

「無論だ」

アリエルは忍に頷《うなず》きを返し、金髪美女らしからぬ流麗な手つきで箸を操り、ネタ側の先端三分の一で醤油皿をふわりと撫《な》でる。

忍が教え込んだわけではなく、『実物大図鑑シリーズ増刊・これが！　日本の本気《ガチ》な寿司』9ページに載《の》っていた、『学んでバッチリ。美味しいお寿司の食べ方作法』を、異世界《アリエル》エルフが勤勉に予習していた成果であった。

「あむっ」

アリエルの咀嚼《そしやく》を、固唾《かたず》を飲んで見守る忍。

店主も次のネタを準備しながら、横目でふたりの様子を窺《うかが》っていた。

「……」

「……どうだ、アリエル」

アリエルは、そっと箸を置き。

ゆっくりと目を閉じてひとつ頷き、忍へと向き直る。

「美味しいです。とっても美味しいです、シノブ」

静かで上品な、異世界《アリエル》エルフの微笑《ほほえ》み。

どこか緊張していた忍《しのぶ》の表情が、少しだけ緩んだ。

だが。

「お嬢さん」

「ホァ?」

「その寿司《すし》、美味《うま》くないでしょう」

「……急に、何を」

反射的に抗議しかける、忍であったが。

誠実と素直が実態を纏《まと》ったような異世界エルフ《アリエル》は、図星を突かれた表情で固まっていた。

「そんなことはありません。余計な脂っぽさが香ばしく炙《あぶ》られて、さくっとした歯ごたえの上に酢飯《シャリ》がほろりと溶けて、口の中で混ざり合って、本当に美味《おい》しいのです」

「私もこの仕事、それなりに長いのでね。本気で美味いと言ってくださるお客さんと、そうでないお客さんの違いなんかは、ちゃんと分かるんですよ」

「でも……でも、ホントのホントにオイシーのです」

「では、美味いは美味いとして、もっと美味い寿司知ってます、という感じですかね」

「ハウッ」

今度こそ致命傷。

異世界《アリエル》エルフは、がっくりとうなだれた。

「……その通りです。大変美味しいお寿司でしたが、シノブのお寿司には全然敵《かな》いません」

「おい、アリエル……」

流石《さすが》の中田《なかた》忍も止めに入ろうとするが、店主は目線だけで忍を制する。

食い下がろうとする忍は、目の前のサーモンの味を確認するのが先決と考え、一口。

――やはり、美味い。

アリエルが言葉にした通り、余計な脂が香ばしく炙られて飛び、さくっとした歯ごたえの上に酢飯がほろりと溶けて、口の中で混ざり合う。

どこをどう考え直しても、忍のファミリー握り寿司に勝ち目などあるわけがなかった。

「シノブというのは、隣の中田忍さんのことですね」

「はい。シノブがアリエルのために握ってくれるサーモンは、ものすごくオイシーのです」

「なるほど。それでは、私ごときが敵うはずもありませんか。いや、私としたことが、お客さん相手にムキになってしまった。失礼致しました」

深々と頭を下げる店主。

これにはアリエルも、若干慌てる。

「いえ、いえ、このサーモンも、かなりオイシーサーモンでした。ただ、ただちょっと、でもかなり、シノブのお寿司《すし》のほうがオイシーのです」

「ええ。それで当然です」

店主は柔和な微笑《ほほえ》みを浮かべながら、忍《しのぶ》たちへと向き直る。

「私も長年、お客さんに『美味《おい》しい』を言わせたくて、それはそれは色々と工夫してきましたが、それって自分のためなんです。自分がたくさん『美味しい』を言って欲しくて、自分のために頑張ってるだけなんですね。でも忍さんは、貴女《あなた》のために、貴女のためだけを想《おも》って、お寿司を握ってくれたのでしょう。それじゃあ、私の敵《かな》う余地はありません。何故《なぜ》なら、」

「貴女が求めているのは〝美味しいお寿司〟ではなく、〝忍さんの想い〟なのですから」


しん、と静まり返った店内。

異世界《アリ》エルフ《エル》は何が心配なのか、ちらちら上目遣いに忍の様子を窺《うかが》っている。

忍は知恵の高速回転により、致命的な思い違いにようやく気付いた。

そんなふたりを見て、店主は穏やかに告げた。

「お代は結構です。今日のところは、お引き取りいただけますか」

「……そういう、わけには」

「構いませんよ。本当に〝美味しいお寿司〟を食べたくなったら、またおいでください」

「……」

「あなたの隣には、アリエルさんがいらっしゃる。間違えたら間違えただけ、何度でもやり直せばいいじゃありませんか。ウチでのお食事も、そのひとつとお考えいただければ」

「……ご厚意、有難く受け取らせていただきます。必ずまた、お邪魔させてください」

「ええ。お待ちしております」

最後まで、柔和な笑顔を崩さない。

尾谷堅司《おやかた》の薦めた店は、まぎれもない名店であった。

◇◆◇◆◇◆◇

その夜、中田《なかた》忍邸。

「ただいま帰りました、アリエルです！」

殊更《ことさら》に元気を強調し、靴を脱ぎ洗面所に向かうアリエルの背中を、忍が呼び止める。

「アリエル」

「なんでしょう、シノブ」

「やり直させて欲しい」

「……何をですか？」

「……俺は、恐れていたように思う。

お前にすべての決断を許し、耳島《みみじま》の最下層でお前を危険に晒《さら》した。

お前が秘密を抱《かか》えていることに、気付いてやれなかった。

そして、俺の本質を思い返す事態を経て、自信をなくしていた。

その上で、お前にきちんと向き合えていなかった」

「アリエルはアリエルです。アリエルのことは、なんでもアリエルが決められないと、オカシーのではないですか」

「お前はそれでいい。だが俺は、お前に関わり続けることを止《や》めたくない」

「……」

「故《ゆえ》に、今一度お前へ問う。

エルフ文字の件、樹になることを、俺に伏せていた理由はなんだ。

話していない想《おも》いがあるならば、今ここですべて、俺にはっきりと伝えろ。

拒否権は認めない。

これは独善的な命令だ。

あらゆる秘密を排したお前の心の内を、すべて俺に聞かせてくれ」

「……」

「……」

「……ダイ、ジョブ、です」

「何がだ」

「アリエルは、樹になることが、あんまり怖くありません」

「……」

「……怖いのは、シノブと、お話しできなくなることです」

「……」

「アリエルは〝大好き〟なシノブと、もっともっと、もっと一緒にいたいのです。

みんなみんなだいすきですが、アリエルが〝大好き〟になったのは、シノブなのです。

シノブとずっと一緒にいて、オイシーご飯を食べて、タノシーおでかけをして。

一緒にゴロンゴロンして、ギュッとして、ううん、いえ、違うのです。

何もしなくてもいいです。

何もいりません。

ただただ、ずっとずっと、シノブと一緒にいられたら、アリエルはタノシーのです。

だから、異世界エルフ《アリエル》が樹になることは、誰《だれ》にも話したくありませんでした。

アリエルが樹になると言えば、きっとシノブはカナシーになってしまいます。

アリエルに残された少しかもしれない時間を、カナシーで埋めたくはなかったのです」

「……それだけか」

「それだけです」

「寂しくはないのか。恐ろしくはないのか。俺にできることは、何もないのか」

「……それは、アリエルにも分かりません」

偽りや誤魔化しを疑うには、あまりにも透明な降伏宣言。

忍《しのぶ》も追及をぐっと呑《の》み、沈黙でアリエルへ続きを促す。

「いずれ樹になることを知ったアリエルの気持ちに、寂しさや恐ろしさはそれほどありませんでした。これはホントのことです。けれど、アリエルがどうしても嫌《いや》だったのは、シノブの傍で、シノブに〝だいすき〟を……〝大好き〟を、伝えられなくなることだったのです。アリエルは、アリエルがサミシーになるより、シノブをサミシーにしたくなかったのです」

「……」

「アリエルは、シノブに教わった通りに、考えました。考えて考えて考えて考えたら、アリエルにもできる、大切で必要なことが分かったのです。それは『既《すで》にシノブの傍にある〝大好き〟がちゃんとシノブに届くよう、アリエルがお手伝いする』ことでした」

「御原《みはら》君の慕情……いや、秘密について、お前が知っていたのはそのためか」

「はい。ですが困ったことに、アリエルが〝大好き〟のために頑張ったせいで、タマキはカナシーになってしまったようなのです。ユナはシノブに〝恋〟をしていると教えてくれたのに、シノブへ〝大好き〟を伝えるどころか、家にも来てくれなくなって、アリエルのメッセージにも返事をくれなくなりました。だからアリエルは、大変な間違いをしてしまったのではないかと、全部が分からなくなって――」

「待て、アリエル……待ってくれ」

「ホァ？」

「お前は今、一ノ瀬《いちのせ》君が俺に、恋をしていると言ったのか」

「はい」


忍に請《こ》われた通り、切々と、すべての秘密を語っていた異世界エルフ《アリエル》。

故《ゆえ》にこそ、決して明かされるべきでなかった、守られるべき真の秘密が。

決してそれを知るべきでない、中田《なかた》忍本人へと、伝えられてしまった。


「ユナが教えてくれました。ユナはシノブに、恋をしています」

第五十五話　エルフと復活のF

十月二十二日月曜日、午後六時十一分。


十月も半ばを過ぎれば、そろそろ冷たい風が吹き始める。

坂の上にある中田忍《なかたしのぶ》の自宅マンションに至る道のりなどは、その影響をもろに被っており、間近に迫る冬の気配を感じるにつれ、なんとはなしにコートの保管場所を思い返してしまう。

そんな夕刻、早足で坂を上る社会人男性がひとり。

言わずと知れた、我らが中田忍であった。

ブブッ　ブブッ

懐のスマートフォンが小刻みに振動し、メッセージの受信を報《しら》せる。

忍は歩みを緩めてスマートフォンを取り出し、文章を画面へと表示させて。

「……」

驚愕《きょうがく》と疑念を抑え込み、スマートフォンを懐に戻して、再び歩む足を速めた。

やむを得まい。

今は帰宅の最中。

一刻も早く「ただいま」を言う使命に比べれば、すべての問題は些事《さじ》でしかない。


「おかえりなさい、シノブ」

「ただいま、アリエル」

忍が玄関扉を開けると、自身お手製の可愛《かわい》い星柄エプロンを羽織ったかわいいアリエルが、とてとてかわいい足取りで忍を出迎える。

どういう経緯か流れる金髪は両サイド三つ編みでかわいいし、覗《のぞ》くうなじも大変かわいい。

総合的に見て、本当にかわいい。

「シノブ、今日もお疲れ様でした」

「大したことはしていない。いつも通りだ」

「でもそのおかげで、アリエルはオイシーご飯を作って、シノブに食べて貰《もら》えるのです。こんなに素敵なことは、他にあんまりありません」

「……そうか。今日の夕食はなんだ、アリエル」

「ブリ大根を作りました。ブリの旬《しゅん》には少し早いのですが、オイシーところが入ったので、オススメだとオヤカタが言っていました」

「照り焼きではなく、ブリ大根か。呑《の》む訳でもないのに渋いな」

「アリエルは照り焼きが好きですが、シノブが好きそうだったので、ブリ大根にしたのです」

「……お前の好きな献立を作れと、いつも言っているだろう」

「シノブのオイシーが、アリエルのオイシーに繋《つな》がると、いつもお返事しています」

「随分と、生意気な口を利くようになった」

「ムフー。日々勉強なのです」

仏頂面《ぶっちょうづら》の忍《しのぶ》に、ニコニコ顔の異世界エルフ《アリエル》。

ふたりの間に、悲壮感は微塵《みじん》もない。

◇◆◇◆◇◆◇

極めて厳粛な話し合いの結果、忍とアリエルは〝樹になる事実〟そのものを生活に持ち込まず、これまで通りの生活を続けていくと決めた。

空気の綺麗《きれい》な田舎にアリエルを移住させる案や、忍が仕事を辞めて一緒にいるという案も出されたが、異世界エルフが樹となる条件そのものが不明瞭《めいりよう》な点や、却《かえ》ってアリエルへの心理的負担が重くなる点などを勘案した結果『今まで通りの時間をより濃くし、一瞬一瞬を大切に共有してゆきたい』というアリエルの願いを忍が呑《の》む形で、合意に至ったのである。

無論、何もかもすべてをそのままにし続けることはできない。

樹になる条件が不明瞭ということは、街中や衆目の前でアリエルがいきなり〝樹になる〟可能性も、当然に存在すると言えよう。

アリエルはパートを退職し、買い物など最低限の外出を除き、家に籠《こ》もることとなった。

ネットやテレビ、読書など、暇潰《つぶ》しには事欠かなくなったものの、やはりひとりの時間は寂しいようで、時々涙の跡を隠し忘れていることを、忍はよく知っている。

故《ゆえ》に忍は、仕事の時間を除き、どんなときもアリエルへ寄り添ってやると決めていた。

中田《なかた》忍らしい倫理の観点から、風呂《ふろ》にこそ一緒に入ってはいないが、食事、余暇、就寝中に至るまで、５メートル以上離れる時間はほぼ存在しない。

通勤中や昼休みを含めた少しの隙間《すきま》時間にも、なるべくメッセージや電話を交わして、可能な限りアリエルの寂しさを打ち消してやろうと努めているのだ。

少しも今まで通りではないようだが、忍にとってもアリエルにとっても、ここが最低限の譲れるラインであった。


シャワーと身支度を整え、忍はアリエルとふたり、向かい合って食卓に着く。

「……ふむ」

忍が手に取ったのは、見た目はなんの変哲もない、白ネギと絹ごし豆腐の味噌《みそ》汁。

だが、嗅覚《きゆうかく》へ突き刺さるような澄んだ出汁《だし》の薫《かお》りと、まろやかに広がる味噌の風味は、これ単品で夕食の主役を張れるほどの存在感を醸《かも》す。

「美味《うま》い」

「ありがとうございます、シノブ!!」

感極まったアリエルが、全身からぷひゅぷひゅ何かを噴き出す。

この噴出が異世界エルフの機能のうち、空気清浄に関与するものであることは自明である。

それは、異世界エルフ《アリエル》の限界を縮めかねない行為であったが、忍《しのぶ》にはそれを止められない。

〝今まで通りの時間〟を過ごすためには、そうするより他にないのだ。

暗い考えを振り切り、忍は味噌《みそ》汁に話を戻す。

「何か、特別な材料を使ったのか」

「ブリのあらを、埃魔法《ほこりまほう》でチョチョイとしました」

「全く分からん」

「えーと……オイシーところをブリ大根に入れました。血合いやゴミなどのビミョーなところを徹底的に分離させて、ポイしました。残った部分を綺麗《きれい》にして、しんみりと煮込んだ結果がこのダシです」

「しんみりとか」

「はい。骨まで残さぬアリエルです」

「今度は分かった。ありがとう、アリエル」

「ムフー」

再び味噌汁に口をつける忍を、アリエルはにこにこと見つめていた。

かわいい。

――樹になるまでの、期限付きの慕情。

――そのくらいなら、俺にも装えるか。

アリエルから愛される資格があると、忍は今でも思っていない。

それでもこの笑顔を、最期まで守るためならば。

アリエルの真《ま》っ直《す》ぐな慕情を、受け止め続けねばならない。

たとえ自分に、その資格がなかったとしても。

「……シノブー」

アリエルが椅子《いす》ごと忍の傍《かたわ》らへと移動し、食器を持っていないほうの肩に頬《ほほ》を預けた。

そして忍を見上げながら、甘えるように頬を擦り付ける。

食卓のマナーを理解した上での行動と見て、忍も敢《あ》えて叱《しか》りはしない。

「どうした、アリエル」

「シノブはどうして、アリエルを大切にしてくれるのですか？」

心を読んだかのような、アリエルの問いかけ。

重なる偶然に、忍もついつい微笑《ほほえ》んでしまう。

「……アリエルの質問は、滑稽《こっけい》でしたか？」

「いや、ちょうどそのことを考えていた所に、お前の質問が重なったので、ついな」

「それなら良かったです。日本語はムズカシーところがあるので、間違えたかと思いました」

上目遣いのアリエルの頭を、そっと撫《な》でてやる忍《しのぶ》。

――アリエルを大切にする理由。

――そんなものは、最初から決まっている。


「俺が、そうすべきだと考えているからだ」


「……」

アリエルは悲しげに顔を伏せ、そっと忍から離れ、椅子《いす》を元の位置に戻した。

感激や感謝こそ期待していなかったが、まるで傷付いたかのような反応である。

「……アリエルには、よく分かりません。〝そうすべき〟という作者の気持ちは、そんなに大事なのですか?」

「そうだな。少なくとも俺は、大切なことだと考えている」

忍は居住まいを正してアリエルに正対し、ぴんと伸びた背筋をさらに伸ばす。

それを大切な話の合図と知っている異世界エルフ《アリエル》もまた、しっかりと忍に向き合った。

「かつて旧《ふる》き時代のヒトは『大いなる力には、大いなる責任が伴う』という言葉を遺《のこ》し、己と周囲を律した。受け取り方には諸説あろうが、俺はこの言葉を『ヒトの行いは、すべてそのヒト自身が責任を負わねばならない』という意味だと解釈している」

「〝責任〟とは、なんでしょう」

「不利益を背負うことだ」

「……ますます分かりません」

「何故《なぜ》だろうか」

「誰《だれ》かを傷付けたり、悲しませたり、悪いことをしたのならば〝責任〟を負う意味が理解できます。でも、善いことや大切なことをしても〝責任〟を負わねばならないのですか?」

「万人を喜ばせる〝善いこと〟など存在しない。ヒトの為《な》すことは、対偶としてなんらかの不利益を生ずるものだ。善行と悪行の境界線など、その割合の多寡《たか》を比べているに過ぎない」

「『誰かの利益は、別の誰かの不利益』で、『誰かが笑えば誰かが泣く』ということですか?」

「そうだな。故《ゆえ》にヒトは、考え続けねばならない。己の生み出す〝責任〟と、その背負い方の形……〝生き方〟を、選び続けねばならない」

「……」

「俺は俺の〝生き方〟に従い、お前を護《まも》り、大切にすべきだと考えた。それこそが、俺が俺を認め、俺の背負い得る〝責任〟の取り方だと信じた故に、それを選択した」

「……」

「納得いかんか」

「いいえ。ただ……」

「ああ」

「……ユナのことを、思い出していただけです」

「……そうか」

寿司屋《すし》から帰った日の夜、忍《しのぶ》はアリエルに〝秘密を一切許さない〟条件で、心の内のすべてを語るよう求め、アリエルはそれに応じた。

その際生じた不意の事故、〝由奈《ゆな》が忍に恋をしていると、アリエルの口から忍に知られてしまった〟事実は、忍とアリエルの間でタブーと化していた。

故《ゆえ》に、アリエルがこの話題に言及するのは、あの夜以来のこととなる。

「一ノ瀬《いちのせ》君とは、何か連絡を取り合っているか」

「いえ。区役所の傍の公園でお話ししてから、会ってもいなければ連絡も取っていません。シノブから、仕事中は普段通りの様子だと聞いていたので、安心していたアリエルです」

「お前からは、連絡していないのか」

「しようとしましたが、電話もメッセージも、ずっと返事がないのです。もしかしてユナのスマートフォンは、お風呂《ふろ》か何かに沈んでしまったのではないでしょうか」

「……その可能性も、ゼロではないが」

「アリエルの埃魔法《ほこりまほう》でなんとかなるかもしれないので、今度お暇なときに遊びに来てくれるよう、シノブからお伝え願えませんか？」

「構わんが、埃魔法で機械は直るのか」

「最後は気持ちの問題です」

「本当は、久々に会いたいだけではあるまいな」

「それもないとは言い切れない、アリエルです」

「分かった。善処しよう」

「ありがとうございます、シノブ！」

アリエルがようやく見せた微笑《ほほえ》みに、忍もいくらか安堵《あんど》を覚える。

加えて、帰宅中に受信したメッセージと、それに対して適切な処置を行うための準備が必要であると思い至った忍は、必要な言葉を口にした。

「ところで、明日の夜は少し遅くなる。俺の食事は要らないから、好きな物を食べなさい」

「……それならアリエルも、明日の夜に出掛けたいです。ヨロシーでしょうか？」

不意の言葉に、忍はぎょっとして顔を上げる。

アリエルは苦しいような悲しいような、どうにも悩ましげな表情を浮かべていた。

「構わんが、何をするつもりだ」

「詳しく話すのは、ちょっとビミョーです。ただ、この前お寿司を握ってくれたフクネさんのお話と、シノブのお話から、アリエルの〝そうすべき〟が、少し分かったのです」

「何か問題があるなら、俺にも共有してくれないか」

「いえ。これはアリエルが、アリエルの力で済ませねばならないことなのです。シノブに迷惑はかけないよう頑張りますので、今回ばかりは見逃してください」

「時間の使い方はお前の自由だ。お前がそうしたいのならば、俺はお前を尊重する」

「ハイ!!」

頷《うなず》く忍《しのぶ》の右手が、無意識に卓上のスマートフォンへと伸びかけ、寸前で止まった。

今は食事中であるし、何かまかり間違ってアリエルの目に触れたら、厄介なことになる。


〝話したいことがある〟

〝時間を作っては貰《もら》えないか〟

寿司《すし》屋の日、アリエルの話を聞いてすぐ、忍が由奈《ゆな》に送ったメッセージ。

今日まで既読スルー状態だったそのメッセージに、先程の帰路で付いた、短い返信。

『分かりました』

『明日で全部、終わりにしましょう』

「……」


自分がどんな表情をしているのか、皆目見当が付かない。

忍は目を伏せ、味噌《みそ》汁を啜《すす》るふりをして、椀《わん》で顔を隠した。

◇◆◇◆◇◆◇

翌日、十月二十三日火曜日、終業後。

スーッ　コンッ

さらさらと流れ落ちる水が、斜めに切られた竹筒の内側に溜《た》まり、やがて零《こぼ》れて元に戻る。

遠くに響く、鹿威《ししおど》しの生音。

昨年のクリスマスに忍が由奈をもてなした、高級料亭である。

そろそろ一年ぶり、二回目となる来店であったが、女将《おかみ》は忍と由奈のことをしっかりと覚えていたし、再びの飛び込み予約にも嫌《いや》な顔ひとつ見せる様子がない。

そして前回と同じように、静かな個室と豪勢な食事、至極丁寧な関係性への配慮をたっぷりと受けながら、最上級のもてなしを提供されていた。

「それでは、ごゆるりと」

すべてを心得た様子でありながら、何も詮索《せんさく》しませんよと態度で示し、膝《ひざ》の前に三つ指をついた女将《おかみ》は、深々と頭を下げた後、音も立てず襖《ふすま》の向こうへと消える。

そうして、外界から隔絶された個室。

大樹の一枚板で仕上げた座卓を挟んで向かい合う、中田忍《なかたしのぶ》と一ノ瀬由奈《いちのせゆな》。

ふたりの間の温度は、あまりにも冷たい。

「気を遣ってくださらなくても、その辺のファミレスとか、道端でも良かったのに」

「有り難いが、君が良くても俺が困る。あまり余所《よそ》には聞かれたくない話をするつもりだ」

「……そう、ですか」

業務中のハキハキとした〝優等生〟の仮面とも、忍の前で見せていた、無遠慮で快活な姿とも違う、すべてに興味をなくしたような様子が、忍の罪悪感を苛烈《かれつ》に煽《あお》り立てる。

「せっかくのお刺身、乾いちゃいますよ。とりあえず、いただきませんか?」

「……ああ」

『たまたまいいところが入ったから』とは女将の弁。

赤みがかったお頭《かしら》の艶《つや》と、旨味《うまみ》のみっちり詰まった乳白色の身のコントラストが見事な秋の旬《しゅん》、いわゆる紅葉鯛《もみじだい》の姿造りである。

女将がどんな思惑《おもわく》でこれを出したのかは知らないが、少なくとも美味《おい》しそうではあった。

「……」

「……」

刺身が乾くと言いながら、由奈はまず手前にある土瓶を持ち上げた。

吸い物替わり、季節の風味が詰まった、松茸《まつたけ》の土瓶蒸しである。

傍《かたわ》らのすだちを一旦《いったん》脇《わき》に退《の》け、御猪口《おちょこ》に出汁《だし》を注ぎ入れて、暫《しば》し薫《かお》りを堪能《たんのう》。

十分に愉《たの》しんだところで出汁を味わい、次いで二杯目にはすだちを搾《しぼ》った。

しっくりと身に馴染《なじ》んだ様子の、大人らしい落ち着いた所作。

福祉生活課に配属されたばかりの頃《ころ》は、地に足のついていない、熱意の薄い若者でしかなかったはずの一ノ瀬由奈は、立派な大人の女性へと成長していた。

取りも直さずそれは、〝一ノ瀬由奈〟という人間が己を形作る大切な時間のすべてを、中田忍が福祉生活課に縛り付けた結果であるとも言える。

故《ゆえ》に忍は、向き合わねばならないのだ。

己が犯していた、恥ずべき愚かな罪悪と。

「一ノ瀬君」

「はい」

「君は俺に、恋をしているのか」


「……」

由奈《ゆな》は、すぐには答えなかった。

忍《しのぶ》とは目を合わせず、紅葉鯛《もみじだい》の刺身を口にして、噛《か》みしめるように味わって。

答えた。


「はい。私は貴方《あなた》に恋をしています。貴方が好きです。大好きです」


「いつからだ」

「恋を自覚したのは最近ですが、気持ちはずっと前から貴方に向いていました。四年半前、入庁の日に挨拶《あいさつ》のご指導をいただいたときには、もう好きだったのかもしれません」

「君は俺の確認を、『短絡的で恥ずかしい勘違い』などと切り捨てたろう」

「気持ちに名前を付ける勇気がなかったんですよ。本気の自分を否定されるのが怖くて、これは好きとか恋とかじゃないって自分を誤魔化し続けて、貴方に拒まれないのをいいことに、遊び相手《おもちゃ》とかなんとか言って、ずっとあなたの傍にいたんです。滑稽《こっけい》でしょう？」

「……恥ずかしながら、君に好かれるようなことをした覚えはないんだが」

「いいえ。ご自覚はなかったんでしょうけど、貴方は生き方を見失った私に寄り添ってくれました。私がどんな無法を働いても、私自身を見て、私自身の価値を認めてくれて、私が傍にいることを許してくれました」

「……」

「好きになっちゃいますよ。少なくとも、私だったら」


これ以上の問答は、必要なかった。

一ノ瀬《いちのせ》由奈は間違いなく、中田《なかた》忍に恋をしている。

そしてそんなことは、最初から分かり切っていたのだ。

己の想《おも》いから目を逸《そ》らし、己を誤魔化し続けていた由奈には、分からなかったとしても。

気付けたはずなのだ。

その真《ま》っ直《す》ぐな想いを向けられ続けていた、中田忍には。

気付くことが、できたはずなのだ。

故《ゆえ》に。

中田忍は一ノ瀬由奈へ、この世で考え得る最低最悪の誠実を示す。

忍《しのぶ》は由奈《ゆな》の隣へと歩み寄り、畳に両膝《ひざ》を突いて、

「すまなかった」


額《ひたい》を痕《あと》が残らんばかりに押し付け、由奈へと土下座した。

あらん限りに頭を下げる忍には、当然由奈の反応は窺《うかが》い知れない。

それでも忍は、誠心誠意の想《おも》いを込めて、由奈へと語り掛ける。

「君が俺に異性としての好意を持っている可能性については、四年前の時点で認識していた。しかし、君へ直接の聞き取りを行い、それが明確に否定され、俺を〝遊び相手《おもちゃ》〟と称する君の言に甘え、君の好意を存在しないものとして誤認していた」

「……」

「故《ゆえ》にこそ君には、互いにフラットな立ち位置からの頼み事として、犯罪行為への加担ともされかねない異世界エルフの保護に対する協力を求めた。だが、君が密《ひそ》かに俺への恋慕を抱いていたと言うなら話は別だ。俺は君の慕情に付け入り、利用し、その社会的生命を脅かし、プライベートを犠牲にさせ、望まぬ危険に身を投じさせたことになる。到底弁解しようのない、倫理的に許されない非人道的な行為だ。本当に、すまなかった」

「……」

「恥ずかしい話だが、君にどう償えば良いか、皆目見当が付かない。俺の力が及ぶことなら、なんでもするとここに誓おう。業腹を堪《こら》え、償う術《すべ》を教えては貰《もら》えないだろうか」

忍と由奈、ふたりきりの個室を、沈黙が支配する。

やがて。

ピシャッ

「っ！」

忍の首筋に、冷たい何かが跳ねる。

反射的に顔を上げてしまった、忍が目にしたものは。

「……」

酒の和らぎ水《チェイサー》として用意された水差しの冷水を頭から被《かぶ》る、一ノ瀬《いちのせ》由奈の姿だった。

「一ノ瀬君、何故《なぜ》そんなことを――」

「ここで貴方《あなた》に掛けたら、いよいよ惨めじゃないですか。だから自分で被ったんです」

「……」

それ以上は、言葉にならない。

耳たぶから、頬《ほほ》から、髪先から、しとどに水を垂らす由奈《ゆな》を前に、忍《しのぶ》は動けなかった。

そして。

「……一度しか言わないので、ちゃんと聞いてくださいね」

伸ばした由奈の手が、忍の頬をついとなぞる。

指を伝う湿り気の温度は、果たしてどこから生まれたものか。

「貴方《あなた》の謝罪には、ひとつ大事なものが欠けているんです。なんだか分かりますか？」

「……即答できない。俺が提供できる誠実のすべてを提示したと信じる」

「それが貴方の利己主義《エゴイズム》ですよ。貴方の謝罪には、貴方自身の気持《エゴ》ちが足りてないんです」

虚を突かれ、表情を硬直させる忍。

その様子を見て、由奈は慈母のような微笑《ほほえ》みを浮かべ、忍の頬を掌《てのひら》で優しく撫《な》でた。

「私に異世界エルフの保護を依頼したとき、貴方は『俺がそうすべきだと考えているからだ』って言いましたよね。だから私は、貴方に力を貸したんです。貴方が異世界エルフに特別な想《おも》いを抱いたんじゃなくて、いつも通り、相手のことなんて関係なしに、自分の信念と意志を貫くためだけに誠実を示してるだけだって、分かったから」

「君は、何を――」

「貴方が真に尊いと考えているのは、助けよう、支えようとしている相手じゃなくて、助けよう、支えようとする〝自分自身の意志と信念〟なんです。貴方自身がその違いを理解できていないから、たったひとりの特別な存在、愛する人を作れない。『誰《だれ》かを愛することができない、人として欠けた存在』だと思い込んで、誰かを愛することを止《や》めてしまったんです」

「……誰に何を聞いたんだ」

「他人の言葉なんて必要ありませんよ。貴方をずっと見てきた私だから、分かるんです。貴方に埋まらない部分があることも、貴方がそれを埋めたがっていたことも。そして結局、諦《あきら》めてしまったことも、全部分かるんです」

こつん

忍の額《ひたい》に、軽い衝撃。

由奈が忍の顔を両手で押さえ、額をぴたりと寄せたのだ。

戸惑いに揺れる忍の瞳《ひとみ》は、濡《ぬ》れた由奈の瞳を、間近で覗《のぞ》く。

こうまですれば、あるいは、こうまでしなくても十分に伝わっていた。

由奈の口にするすべての言葉は、何ひとつ飾らない、一ノ瀬《いちのせ》由奈の真実であることを。

「誤魔化し続けてきたとは言いましたけど、一応頑張ってはいたんですよ。自分のちんけな自尊心《プライド》を必死に抑え込んで、中田忍《あなた》の悪徳になります、なんて宣言してみたり。耳島《みみじま》ではあんまり必死になり過ぎちゃって、抱き付いてアリエルを見殺しにさせようとしたりして」

「……」

「しょうもないけど、しょうがないじゃないですか。本当に好きだったんです。いつか貴方《あなた》が、誰《だれ》かを愛することを赦《ゆる》せるようになったら、そのときいちばん近くにいる私を、貴方から、貴方の気持ちで選んで欲しかった。それが私の秘めていた、自分勝手な願いなんです」

頭骨が、鼓膜が、由奈《ゆな》の吐息が、忍《しのぶ》の芯へと想《おも》いを伝える。

唇《くちびる》の鼓動が、忍の心臓を柔らかく抉《えぐ》ってゆく。

「どうして聞かせたかは、お分かりですよね？」

「……」

忍には、答えられなかった。

何故《なぜ》なら忍は、既《すで》に由奈の本心《メッセージ》を受け取っている。

『分かりました』

『明日で全部、終わりにしましょう』

「実を言うと、ほんの少し、本当に少しだけ、期待していたんです。私にだけ都合のいい奇跡が起きて、全部の問題がなくなって、貴方が私に微笑《ほほえ》みかけてくれるんじゃないかって。結果

はご存じの通りです。現実って、やっぱり厳しいですね」

由奈《ゆな》は額《ひたい》を離し、ひとり立ち上がる。

忍《しのぶ》は膝《ひざ》を突いたまま、少しも動けない。

「異世界エルフ《アリエル》のことはどうにかしてあげたいんですけど、これ以上貴方《あなた》の傍で何かができるほど、私は強くないんです。だから、これで終わりにさせてください。今までご迷惑ばかり掛けて、申し訳ありませんでした」

改めて、由奈は忍の正面に膝を突き、深々と土下座する。

そしてたっぷり十秒後、由奈は顔を上げ、自らの財布からあるだけの一万円札を抜き出し、卓上に置いて立ち上がった。

「この部屋を出たら、ただの上司と部下に戻ります」

「だから、最後にひとつだけ」

「忍センパイ」

「願わくば、貴方の〝そうすべき〟じゃなくて」

「貴方の〝そうしたい〟が、欲しかったな」

一ノ瀬《いちのせ》由奈は、個室の外へと消えていった。

◇◆◇◆◇◆◇

～♪　～♪　～♪

『ヘイ初見《はつみ》です。ゆなちん。こんな時間にどったの？』

『……ごめんね、はーちゃん』

『いや別にいいけどさ。いつも通りひとりで宅飲み中だったし。わははははは』

『うん、でもごめんね』

『ヘイヘイ暗いぜ由奈ちん。最近元気なさそうだったから心配してたんだけど、何かあった？』

『……ううん、なんでもないよ』

『だぁー暗い！　なんか暗い!!　ここは景気付けに合コンでも、いっちょどうよ由奈ちん』

『うん。お願いしたいなって』

『……へ？』
『合コン。近々やるようなら、私も参加させて欲しいなって』
『……ほんと？』
『ダメかな』
『いやいや。全然そんなことないよ』
『……』
『とびっきりの奴《やつ》、セッティングしてあげる』

◇◆◇◆◇◆◇

時刻は一旦《いったん》、同じ日の夕暮れ前まで遡《さかのぼ》る。
『ダァ　シエリイエス　ダァ　シエリイエス』
プシュー　ガタン　ガターン　ドォ　レミファソラシドレェ　エ　エ　エ　エ

東京の中心部から神奈川の南東端にかけて伸びる、日本有数のとある私鉄。

特徴的なドア閉めアナウンスと特徴的な発進音が響き、電車は次の停車駅、県庁所在地を少し南に外れた大き目のターミナル駅へ進行する。

そんな、乗客もまばらな車内の四両目には、数人の女子高生が群れていた。

その中で物憂げな表情を見せる、緩いくせっ毛にダテ眼鏡《めがね》、豊満な胸元を抱《かか》える少女。

花の高校二年生、御原環《みはらたまき》、十七歳。

　ガタンゴトン　ガタンゴトン

「……だよねー」

「あるある」

「んじゃさ……」

かつて憧《あこが》れた『一緒に帰るオトモダチ』を作った環の心は、不思議なほどに空虚であった。

「……」

車窓から覗《のぞ》く、彩りのない街並み。

異世界エルフの存在を明かされた際、丘の上から見下ろした街並みと、重なるようで。

胸の奥底をヤスリで削られてゆくような喪失感に、つい身を縮こまらせてしまう。

そんな環へ、級友が怪訝《けげん》な視線を向けた。

「タマちゃんどったの？　大丈夫そ？」

「お腹空いた？　ガム食べる？」

「ガム意味なくない？」

「然《しか》り」

「え……えぁ？　あ、ごめん、ちょ、ちょっと妄想の世界に飛んでた！」

「なんだぁ。心配してソンしたー」

「タマちゃんふわふわタイム、いただきましたー」

「ウェーイ」

「今週既《すで》に三回目」

「やだ、も、もう、やーだー!!」

黄色い声で大騒ぎするうち、電車はターミナル駅へと到着する。

儀礼的に環《たまき》を弄《いじ》っていた級友たちも、これが悪意のないじゃれ合い《プロレス》だと最近ようやく気付けた環も騒ぐことを止《や》め、それぞれ素に戻った。

「じゃ、ばいばーい」

「あーい、タマちゃんまたねー」

「おつでーす」

「また明日ー」

『ダァ　シエリイエス　ダァ　シエリイエス』

　プシュー　ガタン　ガターン　ドォ　レミファソラシドレェ　ェ　ェ　ェ　ェ
「……ふぅ」

　走り去る電車に背を向けて、環は短い溜息《ためいき》を吐《つ》く。

〝子供の世界〟へ馴染《なじ》むには、まだ少しの時間が必要そうだった。

　忍《しのぶ》と決別し、由奈《ゆな》を激昂《げきこう》させた環は、異世界エルフ関係者との関わりを絶つと決めていた。最低限の緊急用連絡窓口、あるいは環自身の心の支えとして残した徹平《てっぺい》とのメッセージ交換を除けば、生活環境はほぼ魔法陣事件の前まで戻っている。

　変わった点はふたつ。

　ひとつは、いやらしい男子やいやらしい大人の目線を恐れることが少なくなり、躱《かわ》して立ち向かえるだけの自信と度胸が身に付いたこと。

　そしてもうひとつは、交流の生まれていた陸上部員やクラスメイトとの仲が深まり、こうして時々一緒に帰宅するまでになったこと。

　まだ弄られキャラのポジションは抜けられそうにないが、以前から見れば大躍進である。

　想い人《しのぶ》との決別を経験したことで少し大人になり、子供の世界《じぶん》で生きるための強さと寛容さを手に入れられたのだとしたら、あまりにも皮肉な話であった。

だが。

聡《さと》い子供の御原環《みはらたまき》は、それが成長でもなんでもないことを自覚している。

——そう。

——テスト前になると、急に部屋の掃除が捗《はかど》っちゃう、みたいな?

環の語彙《ごい》力では解説し切れなかったが、要は欲求の置き換え、即ち代償行動であった。

御原環は、忍《しのぶ》への慕情が届かなかった現実と、味わった絶望から逃げているのだ。

直視したくないから、考えたくないから、手近で正当性のある目標を追い、かりそめの満足感に浸っているだけなのだ。

ちなみに『テスト前になると、急に部屋の掃除が捗る』現象に対する考察は心理学的にも諸説あり、その原因を『掃除をしたから十分な勉強時間が取れず、テストが上手《うま》くいかなかった』と先置きの言い訳を作ることに原因を置く〝獲得的セルフ・ハンディキャッピング〟と呼ばれる説も存在することを、ここに申し添えておく。


御原環は、少しだけ大人になった。

少しだけ大人になった御原環は、自分の狡賢《ずるがしこ》さにも気付けてしまう。

背伸びが生んだ、心の生傷。

今もまだ、塞《ふさ》がってはくれない。

「……」


それでも環は、ひとりで歩く。

喧噪《けんそう》にまみれた自動改札を抜け、待つ者のいないタワーマンションの一室へと帰る。

明日が待ち遠しかった。

明日になれば学校で、級友に会える。

まだぎこちなくしか笑えないし、心の底から楽しんだりはできないけれど。

少なくとも、余計なことだけは考えずに済む。

案外、世の中のみんなが友達を求め続けるのも、こんな理由からなのかもしれない――


「……タマキ、タマキ、タマキ!!」


「ふぇ?」

ここは環の自宅が傍にある、ターミナル駅のど真ん中。

級友と別れた今、誰《だれ》も環のことなど見ていないはず、なのに。

「タマキー!!」

「……アリエル……さん」

人混みを掻《か》き分け、環《たまき》の目の前に現れた、お耳の長い金髪美女。

異世界エルフ、河合《かわい》アリエル。

◇◆◇◆◇◆◇

交わす言葉も少なに、ふたりは環の家へと移動した。

環のほうでも楽しいお茶会にお誘いしたつもりはなかったし、異世界《アリエル》エルフのほうでも、ただ遊びに来たわけではないのだろう。

結論の先送りだと分かっていながら、それでも環は踏み込めないいし、心の内も晒《さら》せない。

複雑な想《おも》いを抱《かか》えたまま、ダイニングテーブルを挟んで向き合うほか、手段がなかった。

「お久しぶり……って言っても、いいんでしょうか」

「はい。ここでタマキにスパゲティをご馳走《ちそう》になったのが、もう随分と前のことのようです」

「……そう、ですね」

「とってもオイシーでした。とっても」

あのときは隣同士、横並びでスパゲティを食べていた。

日本語の解釈を額面通り受け取ったアリエルが、猛然とスパゲティをかき混ぜ始め、環も慌てて大騒ぎとなったが、結局ソースも飛び散らなかったし、とても楽しい時間だった。

あのときはまだ、心の底から、笑えていたのだ。

——しょうがないよね。

——台無しにしたのは、全部私なんだから。

踏み出さなければ良かったのだ。

想いなど、伝えなければ良かったのだ。

そうすれば異世界《アリエル》エルフとも、忍《しのぶ》とも、由奈《ゆな》とも義光《よしみつ》とも、歳《とし》の離れた仲間でいられた。

徹平《てっぺい》にも、気を遣わせることはなかった。

想いを抱えきれなくなって、溢《あふ》れさせてしまって、何もかも台無しにした。

結果が分かっていながら、堪《こら》え切れなかった。

後悔は、していないつもりだった。

けれど。

こうしていざ、大好きな異世界《アリエル》エルフと向き合えば。

蓋《ふた》をしたはずの想いが。

悲しみが。

後悔が——

「タマキ」

「え……?」

果たして環《たまき》の感情は、寸前で熱を喪《うしな》ってしまった。
仕方あるまい。
環と向き合う異世界エルフ《アリエル》は、あまりにも緊張していたのだ。
美しいその碧眼《へきがん》に、零《こぼ》れ落ちそうな涙を溜《た》めて。
それでも決然と身を乗り出して、環へと覚悟を示している。
まるで、隠していた悪戯《いたずら》を告白しようとする、幼子《おさなご》のように。
こうも相手が酔っ払っていては、押し負けた側は醒《さ》めるほかあるまい。

だが、環からすれば、おかしな話であった。
耳島《みみじま》から戻って以降、ヒトの営みへの知識を深め、急に大人びたアリエル。
〝大好き〟のために暗躍し、忍《しのぶ》や由奈《ゆな》相手にすら秘密を作り、隠し通したアリエル。
知性と幼さのアンバランス。
それは、これまでの異世界エルフ《アリエル》と、まるで変わっていないかのようで――

そんなアリエルに、環が何かを問いかけるより早く。

異世界エルフ《アリエル》は、口を開いた。


「アリエルに、やり直しをさせてください」


「……やり直し？」

「そうです。アリエルはアリエルの考えを大事にするあまり、たくさんのことを間違えてしまったのです。アリエルが間違えてしまったから、シノブに伝わる〝大好き〟は増えるどころか減ってしまいました。ユナもアリエルと遊んでくれなくなりました。そしてタマキも、とてもカナシーになって、アリエルのことを、嫌いになってしまったのではありませんか」

「嫌いになんてっ!!」

思わず声を上げた環だったが、自分の放った言葉に違和感を覚え、ふと冷静さを取り戻す。

「アリエルさん、今〝嫌い〟って言いました？」

「はい、言いました」

「……そんな言葉、今まで使ったことありましたっけ」

「いえ。インターネットを使うまで、意味がよく分かりませんでした」

そう。

かつて異世界《アリエル》エルフの辞書には、ネガティブな単語があまり掲載されていなかった。

ポジティブな単語と概念を先に教え、善い知識を優先的に吸収させたい忍《しのぶ》の教育方針のためであり、協力者たる環《たまき》たちも、アリエルには自然と優しい言葉で接していたところがある。

「ユナはあまりいい顔をしませんでしたが、インターネットにはヒトの知識がたっぷり詰まっていると、アリエルは考えています。良いものも悪いものも、全然隠れていないので、なんでも分かってしまいます。すべてを知ったとは思っていませんが、今のアリエルは、知識としての〝嫌い〟や〝憎い〟や〝許せない〟を、理解できているつもりです」

「……アリエルさん」

「でも、アリエルが一番知るべき大切なことは、インターネットには載《の》っていませんでした」

「一番知るべきこと?」

「〝責任〟です。アリエルは〝責任〟を知らねばならなかったのです」

「……あぁ」

気の抜けた声とともに、環の中ですべてが繋《つな》がった。

振り返ってみれば、確かに忍は異世界《アリエル》エルフへ、とかく責任を負わせなかった。

『保護者として、すべて自分が責任を取る』という忍の確固たる信念ゆえにそうなっているだけのことで、忍自身がアリエルへ恣意《しい》的に〝責任〟を学ばせなかったわけではないのだが、結果的にアリエルは〝責任〟の重みを知らないまま、知識だけを身に付けてしまった。

――アリエルさんは賢くなったけど、私《ヒト》たちを超越したんじゃなかったんだ。

――アリエルさんも、ずっとずっと、悩み続けていたんだ。

「アリエルは、ユナとタマキが、シノブへの〝大好き〟を伝えたら、シノブもユナもタマキもアリエルも、みんながウレシーになると考えていたので、そうすることに決めたのです。アリエルが一番良いと思ったことを、なんの責任も考えず、オススメしてしまったのです」

そうとして見れば、異世界《アリエル》エルフの身体《からだ》は、震えていた。

怯《おび》えていると表現しても、過言ではないだろう。

相手を想《おも》えば想う程に募る、罪悪感。

取り返しのつかないことをした、後悔。

大切な相手の心を自ら壊した、純粋な絶望。

今、アリエルは、責任の重みに堪《た》えているのだ。

「だから、もしタマキが許してくれるなら、やり直させて欲しいのです。アリエルが責任のことを考えず、タマキの〝大好き〟を後押ししてしまったから、タマキは、シノブと〝恋〟ができなくて、タマキは、た、タマキは、アリエルのことを、きら、嫌いに……」

「違いますよ、アリエルさん」

ぎゅっ

環《たまき》はアリエルの隣に駆け寄り、思い切りその身を抱きしめた。

「……ホァ？」

「私はアリエルさんのこと、ちょっとも嫌いになってません。むしろ今も〝だいすき〟で、〝大好き〟です。ずっとずっとずっとずっっと、会いたいって思ってたんですからね？」

「で、でも、でもっ、でも、たま、タマキー!!!!」

　むぎゅううう。

より激しく抱き返す異世界エルフ《アリエル》の抱擁《ほうよう》に身を預け、環はそっと目を閉じる。

そして。

――えーっと。

――これ、どうすればいいんだろ。

心の片隅へ僅《わず》かに残った冷静な部分で、現状への対処に思い悩むのであった。

環がアリエルを嫌いなどという話は、全部勘違い。

環が忍《しのぶ》にフラれたのは環と忍の問題であり、アリエルには全然関係のない話。

アリエルと連絡を取らなかったのは、その後ろにいる忍と接触するのが気まずかっただけ。

誤解を解くには、落ち着いてひとつひとつ話をするほかないように思えるが。

「だ、だま、ダマ、ダマ、ダマギー!!!!」

　むぎゅぎゅぎゅぎゅう。

益々《ますます》圧力を強めにかかる、感極まった異世界《アリエル》エルフに、どれだけの言葉が届くのか。

——まあ、いっか。

——私のほうも、ちゃんとお話しできそうにないし。

結局のところ、環もまた泣いている。

言葉も交わせぬまま、ただ互いの体温を押し付け合いながら、涙を流し合う。

互いを想《おも》い合いながらすれ違ったふたりの縁を戻すには、そんな時間こそが必要だった。


それから、暫《しばら》くして。

アリエルにタオルを手渡し、自身も顔をぐじぐじと拭《ふ》いた環は、ぼそりと呟《つぶや》いた。

「アリエルさん」

「なんでしょう、タマキ」

「今日、忍さんってどうしてますか?」

「少し遅くなると言っていました。どこで何をしているやらはチンプンカンプンですが、しばらく帰ってこないのではないでしょうか」

「……じゃあ、アリエルさんにひとつ、お願いしたいんですが」

「分かりました。対価は要らないので、どんとこいアリエルです」

「ありがとうございます。それじゃ申し訳ないんですけど、しばらく私の家でお留守番してて貰《もら》ってもいいですか？」

「カマワンヨですが……ナンデ？」

「……ちょっと、いやかなり恥ずかしいんですけど」


「私も、やり直してみようかなって」

◇◆◇◆◇◆◇

それから数時間後の十月二十三日、午後十一時四十一分。

由奈《ゆな》が忍《しのぶ》の元を去った頃《ころ》から数えても、相応の時間が経《た》っている。

中田《なかた》忍は、最寄駅から自宅までの道のりを、ひとりでふらつきながら歩いていた。

『潰《つぶ》れるほど呑《の》んで脳をリセットすれば、少しは気分も晴れるんじゃねーの』。

いつかの徹平《てっぺい》のアドバイスを思い出し、足の向くまま適当な居酒屋に飛び込んで、浴びるように酒を飲んだ忍は、当然の如《ごと》く悪酔いし、最悪の状況に陥っていた。

頭が重い。

視界が狭い。

足元がふらつく。

吐いてこそいないが、喉元《のどもと》から胸、腹のあたりにかけて、重い不快感が渦巻いている。

それでも、中田忍の知恵はくっきりと冴《さ》えたままで回転し、自身の置かれている状況を正しく認識してしまう。

考えたくないことからも、目を逸《そ》らさせてはくれない。

――すまんな、徹平。

――お前のアドバイスは、上手《うま》く活用できなかった。

脳裏にちらつく、苦い情景。

落ち着いた所作で土瓶蒸しを御猪口《おちょこ》に注ぐ、大人びた様子の由奈。

頭から水を被《かぶ》り、淡々と己の心の内を吐露する、寂しげな様子の由奈。

額《ひたい》を合わせて間近に見つめた、由奈の昏《くら》い瞳《ひとみ》。

そして、放たれた言葉。

そして、突き刺さった言葉。


――クソッ。

忍《しのぶ》には、分からない。

何故《なぜ》腹立たしいのか、分からない。

視界が回る。

知恵が回る。

答えは出ない。

既《すで》に相当飲み過ぎているはずなのだが、無性に安い酒が飲みたくなった。

できればワンカップ、それもとびきり雑に作られた模造品《バチモノ》がいい。

一口でひどく悪酔いし、何もかもどうでも良くなるのだと聞いたことがある。

その一方で、冴《さ》えたままの知恵が、福祉生活課支援第一係長としての知識を呼び起こす。

低俗な酒を欲する忍の心理状態が、いわゆる精神的自傷行為による自己懲罰を欲する故《ゆえ》と、冷酷なまでに理解させてくれる。

──ああ。

──俺は、傷付きたいのだろう。

──傷付けば、少しは心が軽くなると、無意識に期待しているのだろう。

──そんなことが、あるはずもないのに。

苦しみ思い悩み、考え尽くした末に、自分は人を愛せないと、諦《あきら》めを受容した。

そうして環《たまき》の純情を、人として大人として、あまりに惨《むご》たらしく踏みにじった。

誠実を尽くしてきたはずの生き方は、由奈《ゆな》の想《おも》いを曇らせ、尊厳を蹂躙《じゅうりん》した。

傍《かたわ》らに残った異世界《アリエル》エルフにしてやれることなど、もはや共に在《あ》ることくらいしかない。

絶望。

無力。

そして。


『忍センパイ』

『願わくば、貴方《あなた》の〝そうすべき〟じゃなくて』

『貴方の〝そうしたい〟が、欲しかったな』


「クソッ……‼」

視界が回る。

知恵が回る。

答えは出ない。

忍は重い足取りで、一歩一歩自宅へと進む。

どのみち他に行く当てもない、他に逃げられるところもない。

ただ、できれば今の自分の姿を、外出しているというアリエルには見られたくなかった。

もっともっと遅い時間、自分が意識を失う頃《ころ》まで、帰ってきて欲しくなかった。

情けなさと息苦しさを喉奥《のど》に詰め込んで、忍はマンションの階段を上る。

忍《しのぶ》の住むマンションの一室、ベランダの掃き出し窓からは、うっすら灯《あか》りが漏《も》れていた。

「……」

玄関扉の前に立ち、深呼吸。

あるいは深い溜息《ためいき》だったかもしれないが、今の忍にはどうでもいい。

──普段通り。

──普段通りでいる〝べき〟だ。

──難しいことではないだろう。

──俺はずっと、そうしてきたのだから。

ドアノブに手を掛けて、もう一度深呼吸。

半ば諦《あきら》めるかのように、忍はドアをそっと引いた。

この状況に置かれてなお、忍は真《ま》っ直《す》ぐ前を見つめている。

無惨に酔い潰《つぶ》れようとして、それすら果たせなかった無様《ぶざま》を見せようと、異世界エルフ《アリエル》の性質に鑑《かんが》みれば軽蔑《けいべつ》などされないだろうし、むしろ心配されることしきりだろうが。

その結果生ずる自責の念は、身を裂くような苦痛を以《もっ》て忍を迎えるはずだ。

それでも忍は、前を見ていた。

決して、目を逸《そ》らそうとはしない。

だからこそ。


異変自体には、すぐに気付いた。


「おかえりなさい、忍さ……っ⁉」

もちろん忍も驚いていたが、家の中の人物よりはまだ冷静だった。

一見して明らかに泥酔状態の忍へ、驚きを隠せない少女。

失恋女子高生、御原環《みはらたまき》。

なお当然のことだが、いやらしい下着《ベビードール》ではなくちゃんとした服を着て、行儀良くリビングのソファで読書中だったことを、環の名誉のために付け加えておく。

「えっと、こういうときはお水ですよね。すぐ用意しますから、ちょっと待っててください」

「……」

ここは自宅で、正気は捨てられずとも、身体《からだ》は泥酔状態の中田《なかた》忍である。

抵抗は無意味、逃げ場もないので、忍は環に導かれるまま、ソファへと倒れ込むほかない。

座面に残った温もりが、罪悪感へとよく沁《し》みた。

「……アリエルはいないのか」

「はい。暫《しばら》くは帰ってこないはずです」

「ならば君を帰すか、俺がここを出ていこう」

「えっ」

虚を突かれてよろめく環《たまき》。

必要以上になみなみ注いでしまったコップの水が、少し跳ねてカーペットを濡《ぬ》らした。

「待ってください。私が帰るのはまだ分かるとしても、なんで酔っ払った忍《しのぶ》さんがどっか行くって話になっちゃうんですか」

「俺とて、最低限の道理と礼儀は弁《わきま》えているつもりだ。君から差し出された真《ま》っ直《す》ぐな好意を、恥辱《ちじょく》と屈辱で叩《たた》き返した俺が、君に合わせる顔などない」

「あっ」

環からコップをふんだくり、ひといきに水を飲み干して、忍はよろよろと立ち上がる。

目的へ踏み出したのなら、あまりにも頼りなく。

逃げ出そうというのなら、あまりにも堂々と。

じりじり一歩ずつ、亀のような速度で、部屋を後にしようと進む。

果たして環は、後を追わない。

力ずくで縋《すが》りつき、引き留めるような真似《まね》をしない。

もっと確かな方法を、今の環は知っているのだ。

「待ってください、忍さん」

「……」

「忍さん」

「……」

「由奈《ゆな》さんと、何かあったんですね？」

忍の足が止まった。

「何故《なぜ》そう考える」

「正直、分からなかったので聞いちゃいました。でも、忍さんが否定しなかったので、確信しました。忍さんがこんな状態なのは、由奈さんが原因です」

「……馬鹿馬鹿《ばかばか》しい」

毒づく台詞《せりふ》は、果たして誰《だれ》に対するものか。

理解に及ぶ努力すら億劫《おっくう》とばかりに、忍は床へ座り込む。

そのおかげという訳でもないのだが、ゆっくり歩みを進めた環《たまき》は、忍《しのぶ》の背中に追いついた。

「ケンカ、しちゃったんですか？」

「俺と彼女の間で、対等な争いが成立するものか」

「分かんないです。忍さんと由奈《ゆな》さんの関係って、私から見ると特殊過ぎますから」

「突き詰めれば彼女とは、職場の上司と部下でしかない。他に何があるというんだ」

「何かあるから、こんなに傷付いちゃったんじゃないんですか？」

「俺は傷付いてなどいない。君に語るべき話などひとつもない」

「べきじゃなくても聞きますよ。何があったか、聞かせてください」

「聞かせる意味も理由もない。これは俺自身の問題だ」

「だったら、共有させてください」

「断る。俺は君を拒絶した。君と俺との関係性は、本質的に変わったものと断ずる。君の思惑《おもわく》は知らないが、俺から君に与えられるものはない。もう、俺に構うのは止《や》めてくれ」

酒に心を沈めようと、失意に打ちひしがれようと、彼は中田《なかた》忍である。

言うべきことはきちんと言うし、曲げぬべきものは決して曲げない。

たとえ環を傷付け、それ以上に自分自身を傷付ける、苦悶《くもん》に満ちた拒絶の言葉であろうと。

中田忍は、真《ま》っ直《す》ぐに言い放つ。

だが。

「お話は分かりました。でも、ひとつだけ確認したいんです」

「……なんだ」

「アリエルさんに会わせて貰《もら》う前、あの雑木林でお話ししたときのこと、覚えてますか」

「ああ」

丘の上の雑木林で、忍は環に異世界エルフの存在を伝えた。

その上で、異世界エルフから手を引き、ヒトの社会で、ヒトの間で生きるべきだと諭《さと》した。

「あのときも忍さんは、私のこと、たくさんいじめましたよね」

「異世界エルフを護《まも》るためだった。今は事情が違うだろう」

「おんなじですよ。だってあのとき、言ってくれたじゃないですか」

「私と語り明かした一夜は、とっても楽しかったたって。

その気持ちまで、変わっちゃったんですか?」

とても卑怯《ひきょう》な質問だった。

何故《なぜ》ならば。

中田忍は、どれだけ必要であっても。

心からの嘘《うそ》だけは、吐《つ》けない。

「……答えられない」

「私が誠実であり続ける限り、忍《しのぶ》さんも私から逃げない、って約束もありますよね」

「だが、不適切だ」

「何がですか」

「俺は君の想《おも》いを拒絶した」

「それはそれ、これはこれ。今の質問とは関係ないですよね」

「……」

言葉に詰まる忍。

「さ、忍さん。答えてください」

「君とは考え方も似通った部分があるし、共に過ごす時間そのものは、とても楽しい」

「じゃあ、忍さんから私への評価は、愛せないけど嫌いじゃない、ってことでいいんですね」

「……そうだな」

「良かった」

満足げに微笑《ほほえ》む環《たまき》。

状況とまるで合わない環の反応に、さしもの忍も若干戸惑う。

だが、次に環から放たれた言葉は、真に忍の肝を潰《つぶ》した。

「だったら、やり直させてください」

「もう一度お友達になりましょう、忍さん!!」

「……」

あっけにとられる忍へ、にこやかに右手を差し出す環。

握手の催促であろうことは、流石《さすが》の忍でも理解できるが。

その言葉の意味ともなると、これがさっぱり分からなかった。

「御原《みはら》君」

「はい」

「俺は君を振ったな」

「はい」

「しかも全裸になって」

「……そうですね」

「二度と会いたくなるまい」

「会いたくなっちゃいました」

「縁を切りたくなるだろう」

「なりませんでした。もっと一緒にいたいです」

「俺は君を振ったが」

「愛情と友情は別腹ですよね。忍《しのぶ》さんが人を愛せなくても、私が愛を教えられなくても、直樹《なおき》さんや徹平《てっぺい》さんみたいに、仲良しの友達にはなれるはずです」

環《たまき》は、にこやかに右手を差し出したまま。

その指先が微《かす》かに震えていると、忍はようやく気付いた。

「言動の意味を、理解できているのか」

「そのつもりです。だからこそ、もう退《ひ》けません。お願いですから、退かせないでください」

最悪のコンプレックスだった、自身の性的魅力を用《もち》いた色仕掛けは、最悪の形で失敗した。

その上、全裸で告白を断ってきた成人男性のところへ、再び友人になりたいと押し掛ける行為に、どれだけの勇気と決意が必要なのか。

もちろん忍には、想像もつかなかった。

「傍にいさせてください、忍さん。この先、忍さんが誰《だれ》かを愛するための手助けぐらいは、私にもできるかもしれません」

「仮にそうなったとして、君を愛するとは限らんだろう」

「別に構いません。むしろそれが自然ですよ。だって、友達なんだから」

「そう簡単に割り切れるものか。俺が言えた義理でもないが、君に後悔をさせたくはない」

「後悔するかもしれませんね。でもそれも、私の決めたことですから。良いも悪いも全部ひっくるめて、私はあなたの手を取りたいんです」

「そんな都合のいい話、受けてたまるものか」

「都合がいいって、誰にとってですか？」

「……俺に」

言葉を口に出し、忍は初めて自分の過ちに気付く。

いや、別に過ちでもないのだが、忍の意に沿う結末はこれで封じられてしまった。

代わりに環が、してやったりの表情で忍を見ている。

「嬉《うれ》しいな。私との縁を切らないことを、〝都合がいい〟って考えてくださるんですね」

「……御原《みはら》君」

「私は忍さんが好きで好きで仕方なくて、たとえ想《おも》いが届かなくったって、ずっとずっと傍にいたいんです。そのためなら私は、なんでもするって決めたから。自分が決めた未来のために、私は私のできることを、なんだってやるんです」

「……」

「私が思うに、とっても忍さん好みの考え方だと思うんですけど、いかがでしょうか？」

環の言葉が詭弁《きべん》であることぐらい、忍にも当然分かっている。

そして環《たまき》自身も、それを十分理解しているのだろう。

理解した上で、御原《みはら》環はここに来た。

すべてを呑《の》み込んだ上で、忍《しのぶ》と共に在《あ》りたいと願い、再び忍の前に現れたのだ。

ならば、忍の採るべき答えは。

「分かった。降参だ」

「戦ってないです」

「俺は敗北を感じたよ。無様《ぶざま》を晒《さら》すばかりの俺より、君のほうが余程《よほど》大人をやれている」

「あ、す、すみません。なんか、別に、そんなつもりじゃないんですけどっ！」

「……いいんだ」

より大きな苦しみに堪《た》え、歩み寄ってくれた環。

もはや忍に退《ひ》く道はなかったし、退く理由もなかった。

「すまない、御原君」

「言葉が違いますよ、忍さん」

「そうだな。今後とも宜《よろ》しく頼む、御原君」

立ち上がり、伸ばされた忍の右手。

だが環は、ひょいと手を下げて避《よ》ける。

「む」

「今、私のこと、なんて呼びました？」

「御原君」

「直樹《なおき》さんや徹平《てっぺい》さんみたいな仲良しの友達、って言いましたよね」

「言ったな」

「忍さん、『親しい者からは、名前で呼ばれている』って言ってましたよね」

「よく覚えているな。確かに言ったが」

「じゃあ〝御原君〟の私は、ワンランク下の友達ですか？」

「……御原君ではダメなのか」

「ダメです」

「……」

暫《しば》し俯《うつむ》く忍。

「……では、環君と呼ばせて貰《もら》おう」

「……美羽《みう》さんのことは、美羽って呼ぶのに」

「……」

今暫し、俯く忍。

「……環」

「はい、忍さん!!」

「忍《しのぶ》でいい」

「え?」

「忍でいい。環《たまき》と呼ぶ以上、そうせねばアンフェアと言うものだろう」

「……そう、ですね。そうですよね」

今度こそ、環の右手が忍に伸びる。

左手で目尻《じり》を拭《ぬぐ》った様子を、忍は目を逸《そ》らさずに見届けた。

「今後とも宜《よろ》しく頼む、環」

「ええ、よろしくお願いします、忍!!」


三十三歳地方公務員と、十七歳女子高生。

ふたりの間に、がっしりと握手が交わされた。

第五十六話　エルフと舞台風

それから二日後、十月二十五日木曜日、区役所の昼休み。
中田忍《なかたしのぶ》の机上に置かれたスマートフォンが、控えめに震える。
忍は一瞬辺りを見回し、背後に気を配りながら画面を表示させた。
【御原環《みはらたまき》　さんからの新着メッセージがあります】

『忍』
『今、お時間大丈夫ですか?』
〝ああ〟
〝午後一時までは昼休みだ〟
『よかったぁ』
『あと、メッセージでも環って呼んでください』
〝必要があるときはな〟
〝それで、どうした〟

『あ』

『すみませんです』

『ちょっと興味深いサイトを見つけたので、送っとこうと思いまして』

直後に送信されてきたＵＲＬのリストを順次展開すると、いくつかの外国童話の抜粋ページに加え、それらの内容を考察しているＷｅｂサイトが表示される。

『詳しい内容は後で見てください』

〝承知した〟

『要は』

『ドイツの民間伝承と、それらを考察、研究するページを集めてみたんです』

〝ほう〟

『ドイツ人のことをちょっとカッコ良く言うと、ゲルマン人って言うんですけど』

『その呼び方の源流は、とある伝承が元になっているって説がありまして』

『なんとゲルマン人は、森の中の樹から生えてきたのが始まりだって言うんですよ』

〝ふむ〟

『その伝承から、ラテン語で〝芽生える〟みたいな意味を持つ』

『〝Germinar〟がなまって、ゲルマンになったんだって説があるらしいんです』
〝興味深い符合だな〟
『ですよね』

少しの間。

〝どうした、環《たまき》〟
『えっと』
『ダメですかね？』
〝良いも悪いも、その伝承はアリエルに起きるであろう変化と真逆だ〟
〝アリエルが樹になった後、大量のゲルマン人を産む可能性を検討するぐらいなら〟
〝俺はそろそろ弁当を食べたい〟
『あ』
『食べてくださいお弁当』
『お邪魔しちゃってすみません』
〝構わん〟
〝君なりにアリエルを案じての行動なのだろう〟

『はい』

『っていうか忍《しのぶ》なら、このぐらいもう調べちゃってましたよね』

〝まあな〟

『やっぱり』

〝元々調べていたエルフ関連の資料に加え、ヒトの外見があたかも樹皮のように変わる『疣贅《ゆうぜい》状表皮発育異常症』の言説や、半ばオカルトに踏み込んだ呪《のろ》いの類《たぐ》いも調べた〟

〝現代医療のアプローチから何かできないかも検討したが〟

〝いずれも有効な手立て足り得なかった〟

〝耳神《みみがみ》様は遺言じみたメッセージを残して消息不明〟

〝唯一期待を置けるであろうナシエルの所在も、結局は不明なままだ〟

〝いっそあの雑木林に埋まっている樹のどれかがナシエルで〟

〝配下の人類を操って、戸籍の類いを作らせたのかもしれんぞ〟

『それ、冗談のつもりですか？』

〝強《あな》ち冗談でもない〟


少しの間。

『つよちってなんですか?』

〝あながち、だ〟

〝もしかしたらその通りかもしれない、ぐらいの意味で使用した〟

『すみません』

『お恥ずかしい』

〝ともあれ〟

〝アリエルに現代社会の生活を教え込み、なんとか形を作るまでに約一年掛かっている〟

〝これから異世界エルフの生態の秘密を探り始めるぐらいなら〟

〝割り切ってアリエルのQOLを充実させるべきだと、俺は結論付けている〟

『えっと』

〝Quality Of Life〟

〝クオリティオブライフ〟

〝いたずらに延命を図ることだけを良しとせず〟

〝生きている時間をより良くすることに割《さ》かんとする、近年の福祉の基本となる考え方だ〟

『末期がんの方をお家に帰す、みたいなお話ですか?』


少しの間。

〝そうなる〟
『すみません』
『デリカシーのないことを書きました』
〝辛《つら》ければ、いつ抜けてくれても構わんぞ〟
〝その判断を俺と環《たまき》の友情に影響させないことは、ここではっきりと約束する〟
『逃げません』
『逃げたくないです』
『だって』
『アリエルさんのＱＯＬの中に、私もいたい』
〝分かった〟
〝今後も宜《よろ》しく頼む〟
『はい』
『それともうひとつ、確認したかったんですが』
〝なんだろうか〟

少しの間。

『由奈《ゆな》さんのことなんですけど、結局何があったんですか？』


「中田《なかた》係長」

「む」

振り返った先にいたのは、笑顔の一ノ瀬《いちのせ》由奈。

スマートフォンを机へ伏せ、忍《しのぶ》はとっさに言葉を探す。

「一ノ瀬君、俺は、」

「宜《よろ》しければ、お飲みください」

誰《だれ》にでも好かれる彼女らしい、皆に向けるような柔らかい物腰で。

かつ、忍にものを言わせず、何も聞かない無言の圧力を纏《まと》いながら。

由奈は忍の机上へ、カップを差し出す。

「……いただこう」

「ありがとうございます」

恭《うやうや》しく一礼し、その場を立ち去る由奈。

呼び止めて話をしたかったが、ここは区役所、福祉生活課。

昼休みとはいえ、忍を含め半数程度の職員は残っているし、これ以上突っ込んだ話をすれば、由奈に迷惑がかかるだろう。

しかし。

『貴方《あなた》の〝そうしたい〟が、欲しかったな』

「……」

きつく目を閉じて、忍はカップを口にする。

鼻腔《びくう》をくすぐる、ふくよかでどこか甘い薫《かお》り。

どろっどろに濃いコーヒーでも、めんつゆでも、炭酸の抜けた炭酸飲料でもない。

それはまさしく、紅茶であった。

銘柄はもちろん分からないが、由奈の用意した上等な茶葉なのだろう。

ただ単純に、とても美味《おい》しかった。

だが。

忍にとってその紅茶は、今までに淹《い》れられたどんなコーヒーよりも。

——苦い。

◇◆◇◆◇◆◇

同日、午後五時三十二分、中田忍《なかたしのぶ》邸の浴室。

「出しますよ、アリエルさん」

「はい。どんとこいです、タマキ」

キュッ　シャアアアアアアー

「ホワーッ」

ブワッ

「あばばばばばアリエルざんどんでる！　お湯全部どんでる！　わだしに!!」

「おや」

全裸で大騒ぎの、アリエルと環《たまき》であった。

久々に誰《だれ》かとシャワーを浴びた楽しさと気持ち良さで、いつもより気体を噴き出してしまった異世界エルフ《アリエル》により、シャワーの水流がねじ曲げられ、強《したた》かに環の鼻腔《びくう》を蹂躙《じゅうりん》した。

「すみませんです、タマキ」

「ぶうぅ……良くはないけど、今はいいです」

「ソンタクいたみいります」

「でも、できれば私より賢い言葉を使わないで欲しいです」

「タマキもシノブに日本語を教わるとよいです。きっとタノシー」

「……いや、どうですかね……？」

『私のできることを、なんだってやるんです』とは言ったが、嫌《いや》なものは嫌な環であった。


中田忍と新たな友情を結んだ女子高生、御原《みはら》環は、欠乏していた異世界エルフ分を補給するため、早速中田忍邸に入り浸る構えを見せていた。

手始めに風呂《ふろ》を済ませてしまえば夕食をご一緒して良くなる可能性が高まるし、アリエルも誰かと一緒に入浴するのは久々のエンターテインメントでもあり、おおむね皆が幸せになれる素敵アイデアなのだ。

「じゃあ、身体《からだ》洗ってあげますね、アリエルさん」

「アリガトーです、タマキ」

薔薇《バスリリー》のようなネットの塊にボディソープを浸して揉《も》むと、みるみるうちにキメの細かい泡が膨れ上がってゆく。

アリエルの柔肌《やわはだ》に傷が付かないよう、忍《しのぶ》が分からないなりに徹底的に探しまくり、どうにか用意した銘品なのだが、環《たまき》はそんな経緯を知らないため『由奈《ゆな》さんが見繕った奴《やつ》なんだろうなあ。やっぱりセンスが良いなあ』で片付けられていた。

「脇《わき》からお背中、ふわっとしますよ」

「ひと思いにやってください」

「……実はイヤなんですか？」

「いえ。アリエルは言葉を間違えたようです」

「うーん……当たらずとも遠からず、ですかね？」

「フムー」

環は立てた泡越しに、アリエルの後ろから、脇、肩、背中へと撫《な》ぜる。

温かくて柔らかくて、泡よりもキメ細かいかもしれない、しなやかで優しい肌触り。

腰からお尻《しり》、ふとももまで手を伸ばしても、ムダ毛どころか毛穴すら感じられない。

――大人の女性っていうより、赤ちゃんみたい。

――ずっと触ってたくなる感じ、好きだなぁ。

時々泡を足しながら、隅々まで触り洗ってやる環。

アリエルも、気持ち良さそうに長い耳をぴこぴこさせていたが、やがて動きは鈍くなり、ついにはしおれてしまった。

「アリエルさん、どこか痛かったですか？　それとも寒いとか？」

「ダイジョブですよ、タマキ」

「でも、お耳が」

「アリエルは、まだダイジョブです。お尻から枝は生えていませんし、お肌が樹っぽくなってもいません。今のところは、ですが」

「……うぅ」

　それとなく肌の変化を探っていたと見抜かれたショックと、少し考えれば簡単にバレてしまうことだったという自らの軽率さを反省し、環の精神が降伏した。

「そうですよね。身体《からだ》の変化、一番気になるのはアリエルさん自身ですもんね」

「まぁまぁ、ときどき、もののついでというところです。考えることも、動くことも、身体の様子も、埃魔法《ほこりまほう》の様子にも、目立った変化はありません」

「ほんとですか？」

「本当です」

「嘘《うそ》っぽいんですけど」

「どうしてタマキは、そう思うのですか？」

「震えてますよ、アリエルさん」

「……バレバレでしたか」

「こんなに近いんですもん。分かりますよ」

両手を伸ばし、背中越しにアリエルを抱く環《たまき》。

間に挟まる御立派が、いつも以上に鬱陶《うっとう》しかった。

「ホントに、樹になることそのものは怖くないのです。異世界エルフの仕組みとして、素直に受け入れているつもりです」

「……」

「何度も雑木林に行きました。耳神様《みみがみ》の言葉通りなら、生えている樹のどれかは、異世界エルフの樹なのかもしれないと、アリエルは思ったのです。だけど分かりませんでした。何をしても、お話しできませんでした。どれが異世界エルフの樹なのか、そもそもここに異世界エルフの樹があるのかないのか、ゼンゼン分かりませんでした」

「……アリエルさん」

「目立った変化がないということは、急に変わるということだと、アリエルは考えています。だから、夜が怖いのです。

眠ったら、もう目が覚めないかもしれなくて。

寂しくて仕方なくて、近頃《ごろ》のアリエルはあんまり眠れませんでした」

纏《まと》わせた泡が、ぼたぼたと落ちてゆく。

震えが止まらないのは、決して寒さのせいではない。

「シノブは秘密を明かした夜から、ずっと一緒にオヤスミしてくれます。

シノブのあったかさに包まれると、アリエルはとっても柔らかい気持ちになるのです。

このまま樹になってもいいかなぁ、なんて、思えてしまうくらいに」

「……」

「だからアリエルは、わがままを言いません。そのときが来たら、アリエルにとっての始まりの場所に戻ることにします」

「……ア、アリエルさんにとっての、始まりの場所？」

「はい。

アリエルはシノブにおっぱいを揉《も》まれながら、この世界で目覚めました。

だから最期は、シノブにだっこされながら、おしまいにしたいと思うのです。

シノブにだっこされて、オヤスミを言ってもらうのです。

アリエルは、それで十分なのです」

震えは止まり。

鏡越しの異世界エルフ《アリエル》は、儚《はかな》い笑顔の形を作る。

その瞬間。

「違う」


絞り出すような、零《こぼ》れ落ちたような、環《たまき》の小さな呟《つぶや》き。

思わずアリエルが振り向き、環の様子を覗《のぞ》こうとしたところで。

シャアァー!!

「ホアァ!?」

蛇口は全開。

高温の奔流が、アリエルの泡を余さず洗い流す。

「ご無体です、ご無体です、タマキ!!」

「すみませんアリエルさん、とにかく急いでお風呂《ふろ》出ましょう」

「な、ナンデ?」

「分かっちゃったんです。すっごい、すっごい大切なことが!!」

◇◆◇◆◇◆◇

「本当の異常は、耳神様《みみがみ》でもナシエルでも、ましてやアリエルさんでもありません」

「世界でただひとり、中田忍《なかたしのぶ》だけが異常だったんですよ」

「……」

およそ一時間後、中田忍邸、リビングダイニングのダイニングテーブル。
キメ顔の環を前に、帰宅したばかりの中田忍は、いつも通りの仏頂面《ぶっちょうづら》。
世界唯一の異常とまで言われても、大して機嫌を損ねてはいないらしい。
慣れとは怖いものであった。

「まずはっきりさせておきたいのは、〝普通の異世界エルフの一生〟についてです」

言って環は、大学ノートを開く。

【　普通の異世界エルフの一生　】

① 異世界の自動製造装置（謎《なぞ》）で誕生する。このとき自我はない。
② 異世界で生き続けることで、異世界の環境を少しずつ浄化していく。

③　異世界エルフ以外の知的生命体と遭遇することで、自我を得る機能がある。
④　原因不明のエラーにより、不意に自我を得る場合もある。
⑤　環境浄化機能は、時間が経《た》つにつれ限界を迎える。
⑥　本当の限界を迎えたとき、異世界エルフの身体《からだ》は樹木に変わる。

「アリエルさんのお話と、耳神様《みみがみ》の書き置きを基にまとめています。アリエルさん、内容に間違いはありませんか？」

「はい。アリエルの知っていることとおんなじです」

「ありがとうございます。次は〝地球に来た異世界エルフの一生〟についてです」

【　地球に来た異世界エルフの一生　】

①　〝シェルター〟の詳細不明な機能により、異世界エルフは地球に転移する。
②　転移先は（現在のところ）丘の上の雑木林である。
③　地球は異世界よりも穢《けが》れているので、環境浄化機能の限界が早めに訪れる。
④　本当の限界を迎えたとき、異世界エルフの身体は樹木に変わる。

「これもアリエルさんのお話と、耳神様の書き置きを基にまとめました」

「……おかしいところは、ないように感じますが」

「……待て、これは――」

「次です」


【アリエルさんの一生（現在進行形）】

①　異世界の自動製造装置（謎《なぞ》）で誕生する。このとき自我はない。
②　異世界で生き続けることで、異世界の環境を少しずつ浄化していく。
③　原因不明のエラーにより、自我を得る。
④　〝シェルター〟の詳細不明な機能により、地球に転移する。
⑤　転移先は、完全施錠されたかいた中田忍の自宅内である。

中田忍《なかたしのぶ》の知恵は、高速で回転を始めている。

俯《うつむ》き、集中状態に入った忍に代わり、アリエルが恐る恐るの様子で環《たまき》に問いかけた。

「タマキ、これは間違っていませんか」

「どうしてですか？」

「タマキが教えてくれたのです。アリエルが地球に転移した、〝始まりの場所〟は——」

「丘の上の雑木林では、ないですよね？」

「ムーン……？」

「アリエルさんは、私が転移の瞬間らしき光を見ていたことと、アリエルさんの持ち物であるエルフの羽衣《はごろも》を拾っていたこと、そして私からその話を聞いたことで〝始まりの場所〟が、丘の上の雑木林だったことを知ったんですよね」

「……ハイ」

「でも、もし私が忍《しのぶ》たちと出会っていなくて、〝本当の始まりの場所〟を知る機会がなかったとしたら、〝アリエルさんにとっての始まりの場所〟は、何処《どこ》になりましたか？」

「……おっぱいを揉《も》まれた、シノブのお部屋です！」

「そういうことです」

大きく頷《うなず》く環《たまき》。

「アリエルさんは本来、耳神様《みみがみ》の書き置き通りに、丘の上の雑木林へ転移してきた〝普通の異世界エルフ〟だったはずなんです。でもアリエルさんは、転移後に誰《だれ》かの、何かしらの意図によって、忍の部屋へ移された。そのせいで、〝本当の始まりの場所〟を知らない、〝異常な異世界エルフ〟になってしまったんです」

「その原因は俺であり、正常な異世界エルフに異常を与えたのは俺の存在だと言いたいのか」

「ええ」

「その理屈に理解は及ぶが、道理と順序が違うだろう。アリエルに異常を与えたのは、俺自身の存在ではなく、俺の家へアリエルを運び込んだ〝何者か〟ではないのか」

「そうなりますよね。でも、見落としはまだあるんですよ」

環は自身のスマートフォンを操作しながら、ちらりとアリエルに視線を送る。

「アリエルさん」

「ホァ」

「アリエルさんの戸籍上の誕生日は、十一月十七日でしたよね？」

「ムムー……ハイ、その通りです。運転免許証にもそうだと書いてあります」

間違いの許されない空気感を敏に察し、ちゃんと運転免許証を出して確認するアリエル。

かわいい。

「忍。忍がアリエルさんを自宅で発見した日は、十一月十七日だったんですよね？」

「その通りだ。十六日の業務後に帰宅し、既《すで》に午前〇時を回っていたと記憶している」

「ですよね。それじゃあ、私が魔法陣の光を見た日はいつか、忍は知っていますか？」

「無論――」

虚を突かれた表情で、忍が固まる。

無理もあるまい。

忍《しのぶ》は当然に、理解しているつもりでいたのだ。

確認の必要など、ないつもりでいたのだ。

御原環《みはらたまき》が魔法陣の光を目撃した時刻が、十一月十六日の夜中でなかった可能性など。

「私も流石《さすが》に信じられなくって、スマホの画像とか履歴とか色々ひっくり返して確認しましたが、間違いありません。私が魔法陣の光を目撃したのは、十一月十五日の夜十一時頃です」

「……冗談だろう。そんな間抜けな話があるか」

「だから、あったんですよ。異世界存在の異常にばかり目を向けるあまり、私たちはこんな簡単なことすら、見ようとしていなかったんです」

「……」

忍としても、俄《にわ》かには信じられない。

思いつく限りのあらゆる事物を、徹底的に調べ続けていたはずなのだ。

すべての始まりである異世界《アリ》エルフ《エル》の転移に関し、なぜこうも注意を払わなかったか——

「……」

忍は小さく瞬きをして、他責に走ろうとする自身を諌めた。

元々中田《なかた》忍は優秀な人間ではなく、迂闊《うかつ》で、規格外で、奇想天外な一面のある、己の足りない部分を努力で埋めているだけの、凡庸な人間である。

いかに力を尽くそうと、稚拙《ちせつ》な見落としをやらかす可能性は、十分以上に存在するだろう。

「アリエルには分かりません。それは大事そうなことですが、大事なことなのでしょうか」

悩ましい表情のアリエルを横目に、忍は一旦《いったん》考えることを止《や》め、アリエルの疑問に答える。

「当初からの認識通り、魔法陣の光が現れてすぐ再転移が起こったなら、〝シェルター〟の未知の機能が再転移を起こした可能性もあるだろう。だが、最初の転移が十一月十五日の午後十一時頃《ごろ》に起きているなら、異世界エルフ《アリエル》はこの地球に顕現した後、最低八時間、最大で二十五時間程度のブランクを空け、丘の上の雑木林から俺の家に移動したことになる」

「アリエルは、シ、ノ、ブ、が、留、守、に、な、る、タ、イ、ミ、ン、グ、を、待、っ、て、運び込まれた、ということですか？」

流れで放たれたアリエルの言葉に、忍は目を見開いて、環が驚きながらも微笑《ほほえ》みを見せる。

思わぬ反応に、発言者のアリエル自身が一番びっくりしていた。

かわいい。

「アリエルさんの言う通り、この事実は『異世界エルフ《アリエルさん》は、何者かの意図によって忍の家に運び込まれた』ことを裏付けています。そして私たちは、それを行った可能性のある存在を、既《すで》に知っているじゃないですか」

「……」

忍は表情を歪《ゆが》め、名前を呼ぶのを嫌《いや》そうにしていたが、それが誰《だれ》かは皆分かっていた。

日本国の戸籍データベースを改ざんし、アリエルに偽りの身分を与えた、超常の存在。

インターネットを掌握する不可視の監視者、謎《なぞ》の覗《のぞ》き魔、忍《しのぶ》が嫌う最低の無責任存在。

敵か味方か、謎の〝ナシエル〟。


「忍。ナシエルのメッセージカードに、なんて書かれてたか覚えてますか？」

「……『君の望むままに』」

「そうです」

環《たまき》は頷《うなず》き、〝エルフ追跡レポート・Act1《アクトワン》〟をぱらぱらと捲《めく》る。

たまたま開いたページには、〝天舞降臨耳神之図《そらまいてあらわれしみみがみのず》〟を写した画像が貼《は》られている。

耳神《みみがみ》様のアルカイック・スマイルは、忍たちを優しく見つめていた。

「あくまで私の考えですが、ナシエルは異世界エルフにまつわるすべてと、忍の存在を最初から知っていて、その上で異常の中心である中田《なかた》忍に、何かをさせようとしているんです。例えばそれが、忍に自分の正体を突き止めさせる性格の悪いゲームとかで、ご褒美は樹木化防止の秘密、なんて考えは……甘過ぎますかね？」

「……」

瞬きすら許さない、ような、御原《みはら》環の真摯《しんし》な眼差《まなざ》し。

ひと通り話を聞かされた中田忍は、いつも通りの仏頂面《ぶっちょうづら》。

そして片手で頭を抱《かか》え、どさりと椅子《いす》に腰掛けた。

異世界エルフ《アリエル》はしっかりと空気を読み、大人しくことの行く末を見守っている。

御原環は、未《いま》だ不敵な笑《え》みを崩していない。

「どうですか、忍」

「どうもこうもないだろう」

「と、仰《おっしゃ》られますと」

「根拠が薄弱だ」

「はい」

「論理も破綻している」

「ええ」

「特に最後の結論はなんだ。ゲームや漫画の話ではないんだぞ」

「確かに」

「はっきり言おう。到底納得できる話ではない」

「そうですね」

「……」

「でも、忍」

「悪足掻《あが》きのきっかけには、足りませんか?」

「いや、十分だ」

御原環《みはらたまき》は、もはや満面の笑《え》みを浮かべていた。

無理もないだろう。

似た者同士の環には、当然感じられているのだ。

諦《あきら》めに閉じた心の蓋《ふた》が、僅《わず》かに開いた。

封じられていた、マグマのように煮え滾《たぎ》る想《おも》いが、じわりと染み出す。

蕩《とろ》けそうなまでの熱量を放つ、意志の力が。

空の果てまで届きそうな、無限の行動力が。

中田忍《なかたしのぶ》の歯車を、激しく衝き動かしている。

不確かな推測。

楽観的な見解。

身を預けるには、あまりに頼りない論拠であったが。


——いいだろう。

——座して最期を待つよりも、余程《よほど》俺好みのやり方だ。


「環。明日は空いているか」

「学校サボって良ければ、大丈夫ですけど」

「君の力が必要だ。悪いが協力して欲しい」

「おっけーです！　なんなら今からでもいいですよ？」

「有難いが、こちらにも準備がある。少し時間をくれ」

「アリエルにも！　アリエルにも聞きましょう!!」

「ああ、すまんな。明日は空いているか、アリエル」

「あなたのために空けました、アリエルです!!」

どこで覚えてきたのか、見当違いの口説き文句に微笑《ほほえ》む忍。

次の行動に移るべく、忍《しのぶ》は自身のスマートフォンを手に取り。
つい癖でメッセージアプリを開き、馴染《なじ》みの名前を触りかけ、心の疼《うず》きを鎮めた後、まずは突発の年休を申請すべく、福祉生活課長へ電話を掛けることとした。

当然であろう。

残された時間は少ない。
いや、少ないかどうかすら、分からないのだ。

公務員、中田忍の悪徳 7

koumuin, Nakata
Shinobu no akutoku

あとがき

既《すで》に方々でお話ししているところ、改めて明らかにしておくのですが、第十五回小学館ライトノベル大賞優秀賞を受賞した『公務員、中田忍《なかたしのぶ》の悪徳』は、前身作となるＷｅｂ小説の冒頭約十万字部分を、書籍単巻相当の構成にリメイクしたものです。

冒頭約十万字と申し上げましたが、Ｗｅｂ原稿は全部で約百二十三万字あります。

立川浦々《たちかわうらうら》は担当編集者の濱田《はまだ》さんに「これ全部書籍化したいです」と申し向け、その価値があるか否《いな》か見定めていただくために、全話通しで読み切って貰《もら》えるようお願いしました。

今考えると何言ってんだこの新人《ドアホ》……と自分でも思うのですが、濱田さんはこれを快諾。すべて読んだ上で、最後まで書籍化できるようともに戦おうと約束してくださいました。

装画をお願いするイラストレーター様探しでは、連日連夜濱田さんとバチバチの討論を重ねまくった結果、世界観を最も顕してくださるであろう棟蛙《おうちかえる》先生の名が挙がりました。

しかし棟蛙先生は漫画業を抱《かか》えるお忙しい方、ポッと出の新人ラノベ作家の装画なんて受けて貰えるのだろうか……と思っていたら、濱田さんから快諾いただけたとのご連絡。

「濱田さんすげえっす!!　どうやって口説き落としたんですか?」

『とりあえず原稿データをお送りして、作品の良さを知っていただきました〜』

なんと、出合い頭の御挨拶《あいさつ》メールで約十万文字を叩《たた》き込んだというのです。

こいつぁとんでもねぇ辣腕《らつわん》編集者と組んじまったなオイ……と戦々恐々していた翌日、

『棟蛙先生にも全部読んだ上で描いて欲しいんで、Ｗｅｂ原稿全部送っときました〜』

とのお話を伺い、様々な感情が一度に押し寄せて気を失いそうになったのを覚えています。
※これは濱田さんの〝凄《すご》み〟と棟蛙先生の〝寛容さ〟が生み出した奇跡のエピソードなので他の人は真似《まね》しちゃだめです！　百二十三万字は普通に迷惑なので……。

一巻発売日が近づく最中、Ｗｅｂ小説時代に「読者の目にそもそも触れない」苦難を味わっていた立川浦々は、原稿を精力的に直しまくる傍《かたわ》ら、濱田さんへ実現可能そうなものからアホかと思われるものまで、数え切れないほどの販促企画を提案し続けました。

その結果、ガガガ文庫ホームページ上に『公務員、中田忍の悪徳×空想科学研究所「かわいいエルフをいきなり氷漬けにしよう！」主人公・中田忍の冷徹な主張は、科学的に賛同すべきか⁉』が掲載されて……個人的にもムチャクチャ嬉《うれ》しかったのを覚えています。

「濱田さんすげえっす‼　どうやって口説き落としたんですか？」

『とりあえず原稿データをお送りして、作品の良さを知っていただきました〜』

濱田さん、つくづく実弾で殴りに行くタイプの編集者です。

忙しい編集者にばかり頑張らせていてはならないと、立川浦々《たちかわうらうら》も「とりあえず印税で中田《なかた》忍《しのぶ》直筆・アリエルちゃんマークパーカーを作って販促キャンペーンやるか～」などと「健康のためなら死んでもいい」みたいな文脈で身銭を切ろうとしていたのですが、濱田《はまだ》さんに相談したところ『いや、そういうのは編集部で出しますから……』と若干引き気味にご提案くださり、ガガガ文庫編集部のお金で販促キャンペーン用のパーカーを作っていただけたばかりか、好評によりなんとパーカー販売が実現しました（左記参照）スゲエよ濱田さん。

さらに精力的に販促活動を進めたかったのですが、新型コロナウイルス感染症の流行により、本来可能であったはずの書店巡りやサイン会などもできず、宣伝は行き詰まりました。

「宣伝を……どんな販促活動をすれば『中田忍』は読まれるんだ……？」

原稿は書けているのに苦悩する立川浦々の脳裏へ、濱田さんの言葉がよぎりました。

『とりあえず原稿データをお送りして、作品の良さを知っていただきました～』

小説家の武器は小説以外にあり得ない。作品で直接《じつだん》殴りに行けばいい。

腹を括った立川浦々は、書籍の『中田忍』シリーズを刊行するため泣く泣く切り捨てた、あまりにも生活保護制度や人間のダーティな部分に触れる部分のスピンオフを『敢《あ》えて同人文庫

作品として刊行する』という、究極の飛び道具的販促活動をやることに決めました。

濱田《はまだ》さんが理解を示してくださった結果、表紙のロゴデザインが公式準拠、カバーイラストと挿絵が棟蛙《おうちかえる》先生直々という超公式的非公式同人誌『非正規公務員、丸山千尋《まるやまちひろ》の悪徳』を無事刊行でき、メロンブックス様に委託させていただいた紙本は完売御礼となりました。

忍《しのぶ》の元交際相手との出会いと別離、なぜ今も公務員を続けているのか、本巻で明かされた忍の〝秘密〟の意味を真に暴《あば》く一作、現在もKindle電子版が購読可能です（左記参照）。


そんなこんなで残すところ一冊の『中田忍《なかたしのぶ》』ですが、ここで新たな販促活動がございます。

しかも今回はガガガ文庫全体を巻き込んだスッゲェ奴《やつ》、あの超人気アクリルキーホルダーシリーズ『お散歩ちゃん』のガガガ文庫版が発売決定したのです!!


『お散歩ちゃん』とは、季節の装いを纏《まと》ったお散歩女子たちのアクリルキーホルダー。

衣服の一部が背景に透けているので、雪や月や花、お気に入りの風景にかざすと『お散歩ちゃんが季節を纏う』、お出掛けが抜群に楽しくなる超オシャレアイデアグッズなのです。

立川浦々《たちかわうらうら》も山に川に海にその辺の公園に持ち歩いてプライベートな写真を撮るのが執筆中の息抜きだったのですが、まさか著作のキャラが『お散歩ちゃん』入りするなんて……!!

『公務員、中田忍の悪徳』からは河合《かわい》アリエルが参戦、今回は特別に開発中（？）画像を掲載

させて貰《もら》いました（左記参照）。も〜〜最高にかわいい〜〜〜優勝〜〜〜〜〜（平伏）!!

他のガガガヒロインお散歩ちゃんと一緒に、ガガガショップオンラインで予約受付中ッ!!

そんなこんなで残すところ後一冊、全力で駆け抜けるので、最後まで見届けてくださいね。

それではまた、次の悪徳でお会いしましょう。

二〇二三年　九月某日　立川《たちかわ》　浦々《うらうら》

『公務員、中田忍の悪徳』無料短編集公開 Blog

立川浦々の Twitter

※本作に登場する、生活保護制度に関する諸描写に関しては、現実のそれを参考としながらも必ずしも現実には即さない、完全なるフィクションです。
現行の制度下で勤務する職員の皆様、生活保護受給者の皆様、それを取り巻く環境、諸団体の皆様を含めた、あらゆる人種、思想、信条、その他尊厳を害する意図は、一切ありません。

読者の皆様におかれましても、本作を通じ本邦の福祉に興味を持たれたならば、是非ご自身でその現実を調べ、知って頂き、それぞれの〝正解〟を見出して頂けるよう、切に願います。

GAGAGA
ガガガ文庫

公務員、中田忍の悪徳7

立川浦々

発行　2023年10月23日　初版第1刷発行

発行人　鳥光 裕

編集人　星野博規

編集　濱田廣幸

発行所　株式会社小学館
〒101-8001 東京都千代田区一ツ橋2-3-1
[編集] 03-3230-9343　[販売] 03-5281-3556

カバー印刷　株式会社美松堂

印刷・製本　図書印刷株式会社

Printed in Japan　ISBN978-4-09-453151-0